你总该相信自己，
就算全世界都与你背离

你总该相信自己，就算全世界都与你背离

夏树 著

ZHEJIANG UNIVERSITY PRESS
浙江大学出版社

序言 写给未来的春夏秋冬

清晨五点推开窗,迎面是干干净净的味道,那种来自于深山云雾缭绕的清爽。

一盏茶,就是一段静美光阴。

每当生活繁杂,总会挑选几抹时光跑到流年停歇的远山角落里,安安静静地享受着偷得浮生半日闲的自在。

听风吹过枝头如拂过纷扰往事,看地里钻出几丛绿意,像希望葱茏心间,蓝天白天,简单得只剩下充沛的时间,不论是养花、静默还是看书,都是极好的消遣。

不是孤单乏味的姿态,而是更自在地面对人生。

岁月平仄延转,冷暖婉约在每一段途经的路上。

曾经最美的风景,都在岁月悠长里,渐渐淡了容颜,只留下一帘烟雨,远远欣赏,眼眸里装下的都是落花流水的心事。

在成长的路途上,我们不断地告别和拥抱。

流年蒹葭苍苍,多少繁华成烟,多少物是人非。

回忆捂痛了残留在指尖的温暖,有些念念不忘的明媚过往终究会像童年时候的漂亮衣服,长大后只能面临再也无法重温的无可奈何。

人生的旅程，无论你同意与否，总会无情地带走一些重要的东西，然后留下一些荒凉的寂寞。

今天爱的人，明天可能就移情别恋了；今天在意的荣誉，明天可能就看轻了。

山一程水一程，有得有失，一切都会成为过往。

时光越老，人心便会越淡。

浅浅遇见的人或事，在阔别后，也会被深深藏在心里，以待日后想念温润的时光。有些故事在浅白的时光里，有温柔的对白和情节。有些人的笑意在记忆的天涯里，有皈依的永远和再见。

深浅高低的人生道路都走过，苍老的一指流沙烟火，花开灿烂时曾拥抱的美满阳光，许过的繁华安居愿望……努力爬过山顶眺望满怀的峰回路转，浮浮沉沉，人生是不改的山水。

素墨晕开的一张静美随性的画卷，云水禅心般潺潺流过记忆。

像绿草一样，忘记了季节的深邃；像鲜花一样，忘记了大地的抒情。枯藤老树昏鸦，心情也披上挡风的披肩，匆忙穿过人生的寂然。

这场年华，来了，任何情况，都别慌乱地想丢车保帅。

就算全世界都表示抗议，敌人终究无法在你心头插上一把剑，唯有自己才有资格举起武器。

这世界可能寸草不生，也可能草长莺飞，有各种各样的唐突和恶意，不能让自己就站立在那里，像一棵树那样默默忍受，等候阳光雨露的安抚。那样，没有人会到来。

等待，无尽的等待，只是一场赌气的博弈。

温柔地对待自己的心，当世界还不够温暖；深爱自己的每一分每一秒，当它们显得那样稚气和慌张；坚强地去建立自己的存在，当别人都无法领略你的美好。

嘘，静等风来，微微摇曳着树梢上的岁月，不期而遇的静宁韶华正准备迎面给你一个巨大而有力的拥抱。

往前走一步，再走一步，别忘了拂去手掌的微凉，晴好内心的阴霾，那样你就会走到最想要的幸福时光里。

目　录

你总该心疼自己，
就算全世界都与你背离

谁都不可能成为你的全世界

痛快地背井离乡

不要渴望别人给你力量

爱情不能永恒，追求爱情才会永恒

对值得的人，说一辈子的话

没什么舍不得，也没有那么多难过

谁都不可能成为你的全世界

走在秋季里,天空蓄满一钵灰蓝色。

此刻,沁人心脾的温暖在日益寒冷的气候衬托下才显山露水。

忽然一片落叶飘下,遮了眼帘。阿意淡淡地开口,跟我讲起她三年前在街头落魄的故事。

彼时的阿意在一家上市公司里工作,是部门经理的候选人。看似不费吹灰之力获得的一切,实际上牺牲了她工作以外的人生。

世间诸事,总难都如人意。最后的最后,阿意因一心扑在工作上而失去了爱情,又因失恋后情绪低落导致工作失误,最终失去了升职机会。

于是,阿意想躲开咄咄逼人的世界。她选择了回到故里,记忆中的家乡。

下了车,阿意认真打量着这个在回忆里质朴的世界。原来这里也变了,平地盖起了大楼,田间小路成了双车大道,古味丢失了,只剩下现代气息。

阿意的眼泪终于掉下了。记不得那天大雨中是谁遮着自己、送自己回宾馆，阿意醒来的时候得了重感冒，脑袋却清醒了：两年前外婆就已去世，那片在记忆里灿烂的牵牛花早已谢了。

第二天，阿意毫无目的地踱至一户人家门前。眼前房子的砖块裂了很多，门外的围墙稀稀疏疏的，特别是大门，给人残垣断壁的感觉。

可是，屋内传来阵阵笑声，那种快乐是山间清泉缓缓扫除心里尘埃。

快乐就在追忆往昔的时候被找寻到了，阿意嘴角轻扬。

阿意隐约明白了那种快乐的名字，其实就叫做自己的世界自己做主。

人生的过程就是一个寻找自我存在的过程。

说到这儿，阿意对我不好意思地笑了笑，然后说："从小学开始，我为了获得父母的称赞，就选择永远保持班里'第一名'这个头衔，白天黑夜与课本为伴。而越长大才越发现，这个世上永远有比你更优秀的人存在。"

我接口道："似乎每个要强上进的小孩都经历过类似的阶段，我们只能安慰自己，有些人不是人，是神！"

阿意哈哈大笑，说："我要是早能想通该多好啊！那段时间就不会过得那么累了。我那时总是努力抓住自己身边的一切，努力让自己在所有的小团体中都做到最好，让遇见我的每个人都只看见我的好。可是我从来没有想过，当一切不尽如人意时，我应该怎么去面对。以前看到报纸杂志上那些分手后的恋人在绝望中自杀谢幕世界，只留下遗言一句：全世界坍塌了，我活不下去了。我总是免不了无奈地摇头点评：这些人太傻了。可是后来轮到自己失恋，就突然理解了那些人的想法。"

是啊，两个人相爱的时候曾经想过的天长地久，在分手的时候全然变成了另一种风景。空气中写满辜负的时候，心镂空了，千疮百孔如火山石。

那些酸楚都是火山喷发时的壮烈，厮杀了无数欢乐的时光，全世界都天翻地覆了。

一个人吃饭走路，到处走走停停，灵魂都飞到半空，什么也不知道了。可是，浑浑噩噩的日子也在某一天清醒后结束。

阿意说，曾经以为自己的全世界被毁灭了，可是却突然顿悟，一切都还在继续。

阿意这才恍惚明白了，任何事情都有开始和结束，痛苦是如此，欢愉也是如此。

越长大，越容易把自己的心丢了。一开始沿着的路，越走越远，丢了方向，茫然走着，走错了方向也不自知，就顾着蹲在地上嚎啕，以为被世界辜负。

亲情、友情和爱情都是如此。

人总是容易分不清生活历程中所做出的那些抉择是跟从自己的内心，还是为了自己认为的世界中心。

扪心自问，为什么明明是自己灵魂生活的工程师，不知道什么时候却沦为了工程的搭建工人，需要付出汗水和鲜血，需要凝听太多的规划和建议。而自己也不明白，之后这座大楼会变成什么样子，甚至连将来会从这座楼里看到什么样的风景都不知情。

这是存在的意义吗？

全世界是什么？是生活的意义和价值，是看到、听到、闻到、摸到和想到等的总和，它们才是判断生活质量的标准。

走的每一步路，认识的每一个人，都是旅途中的一抹风景。

无从选择，于是安然接受。

那样，全世界就变得长远和辽阔。

放下了执著的世界中心，无路可走的时候哀愁就不会泛滥，不久便会有柳暗花明的安好。

就这样，阿意不再对那个失败耿耿于怀，结束了自己人生失败的结论。选择在工作和生活中找到平衡，找到自己内心所求，既有了价值感也有了快乐。

忽然某一天收到了公司总部发来的升职信。

有时，别急着跟世界宣战，且停下来看看是不是牵错人，走错路，看错景，会错意。

当然，更别给自己的全世界下定义。在自己的人生中，谁都不会永远是无足轻重的配角，而是不可或缺的主角。

谁的眼光都不是衡量生活的尺寸、人生参考的标准。

自己的存在要慢慢确定，慢慢来。在大千世界里一枚小小生物的存在，在自己小世界里踏实的爱的存在，才是生活的最终意义。

全世界原来谁也不是，只是每一段路上的风景。

痛快地背井离乡

前一刻,杜晓还窝在床上翻看微博空间里朋友们在异国他乡生活的照片,即使是图片下面简单的文字备注,也让人觉得羡慕至极。

那是多么不一样的人生,闪闪发光,让杜晓觉得自己的生活是一片阴霾,乌云密布,而别人那里明亮耀眼,晴空万里。

明显的失重感,让她一瞬间不知所措,恍恍惚惚地只能翻箱倒柜地打开自己的小金库。

于是,安心接受了自己要不了这样潇洒生活的答案。

下一刻,杜晓的男友突然发来一条短信说:"杜晓,我们分手吧,我要去伦敦了。"

交往了 7 年,他就这样干脆利落地以一条 13 个字、16 个字符的短信结束了。

杜晓蹲坐在床上,感觉一切都是梦。

别人的天涯流浪,男友的放手洒脱,自己的原地停步,这一切根本不是她想要的。

在床头,她张贴着一个大大的笑脸,上面写着——26 岁后,我要远走天涯。

杜晓去过很多城市，三五天或者七天半个月，然后回到自己的家乡，自己的窝，继续生活。

大学毕业那年，她想去西部支教，家人反对，男友抗议，她作罢了。

开始选择工作，原本想选择喜欢的室内设计，家人很快拿来了银行工作的申请表，于是她埋头填写，顺利通过面试，就这样成了一个拥有稳定工作的白领。

家里为她在工作的银行附近买了一套房子，上下班方便，她还有自己的车子，周末回家方便。

她明白自己不快乐，可是这样的不快乐是不是矫情了？

她不需要在西部忍受高原气候，忍受贫穷与饥饿，不用面临一些未知的困苦生活。

她不需要在拥挤的人才市场里经过重重人海，将自己的简历递给招聘企业。

她不需要在每个月房租压力下生活，不需要在公车里被汗水和拥挤打败整洁干净的妆容。

是的，这些她都不需要。

可是，从没有人问起她到底需要什么，包括她自己。

按部就班，看上去井井有条的生活，杜晓厌倦了，却不知道要不要破蛹而出，因为连她自己也不知道自己会是一只蝴蝶还是飞蛾。

还有7天，杜晓26岁生日。

命运数字是 7。

在深夜里，辗转反侧好几次后，杜晓坐了起来，打开网站，只花了 7 分钟，就定好了去他乡的机票。

快速关机，心跳怦怦，她怕下一刻自己又被怯弱打败。

黑暗中，摸索到手机，打开那一条让她难堪非常的短信，快速回复："好。"只花了 7 秒钟。

这样干净利索的速度，仿佛在玩水果忍者游戏，每一刀都要在点上，快准狠，才能赢得胜利。

第二天清晨，打响了家里的电话，带着起床后的鼻音，她小声地告诉妈妈："我被抛弃了，他说他去伦敦，不要我了。"

继而是很长的沉默，电话那头，妈妈气急败坏地叫喊，她已然听不见了。

别问了。别说了。别怪了。这些词在她脑里呼啸而过，最后化成了一个简单的自我催眠——别听了。

愕然发现，在生活中，她用了太多的"别"字，虽然和"不要"是相近意思，但多了一层客气请求。明明是自己的事情，却变成了局外人，只有微小请求：别人别再进军她的城池了。

"妈，不要说了，我不想听了。"

其实她没有那么难过，只是有点舍不得。

家人的愤怒和同情就像是准备好的戏码，要拉她进入悲伤的受害人角色，她必须入戏，才能满足观众。

但不爱本身就是最大的陷阱。为什么不趁早结束，还要拉扯到溺亡呢？

那一刻，内心突然划过一丝惬意，那是孩子手里一直飞不起来的风筝，忽而一阵大风来，风筝飞起来了，高高地，远远地，自由自在。

坐上飞机那一刻，她给家人发了一条短信："原谅我的任性，我想要一个人静静，一定保证自己安全安好。"

2 小时 50 分钟，再睁开眼睛的时候，已经是他乡了。

这一次，没有熟悉的人事物，只有一切未知。

原本窒息的心，却突然可以自由呼吸了。

在出租车上，因为方言的问题，她和司机鸡同鸭讲了很久，最后两个人哈哈大笑，最终还是到了她所说的地方。

住了一晚的宾馆，第二天，她便开始找寻工作，在网上寻找室内设计的相关岗位，不停地投递简历。

这样做的直接麻烦是，接到好多个电话，都无法想起是哪家公司。但那又怎么样，可以上网查找，只要心甘情愿，一切都变得很简单。

经过一个星期的坎坷面试，她总算拿到了一个室内设计师助理的职位，工资 2000 块。

工作有着落后，她开始张罗着租房子。喜欢的太贵，租得起的看不上，无奈下，咬牙选择了一所每月租金 1000 块的房子。

入住当晚，她仔细做了一笔账，规划了以后的生活。

在这样一座陌生的城市里，她需要做的事情太多了。

她需要试着学习当地的方言和习俗，好让自己不被城市排挤。

　　她需要对自己上心，每天的消费支出都要精打细算，既不委屈自己，也不能挥霍无度。

　　她需要将自己的小窝装点成她曾经最想要的天堂。

　　她需要盘算着怎么样工作和学习，才能让自己成长得更快。

　　她需要……

　　每天就在这样的"需要"中度过，原以为这是一段极为尴尬的逃避，在熟人看来就是因为爱情受伤而逃离的，衣食无忧的生活被取而代之。

　　可是，认真过下来，好像过得也不赖。

　　虽然曾穿着高跟鞋因为赶不上公交而大声哭泣，曾加班到深夜因为肚子极饿而呜咽，曾因为房间里出现大批蟑螂而鸡飞狗跳，也曾因为计划书没通过而被大声咆哮……

　　但这些都是实实在在的，自己种的因，而结的果。

　　多了一股心安理得。

　　一年后，背井离乡的她重返故乡，那里亲切而陌生。终于有勇气回来看看这座思念很久的城市的人，沿途的风景好像尘封的岁月流转，多的是感慨，而非抱怨。

　　耳边放着应景的歌——

　　苍山洱海旁　你在我身边

　　这次的夏天和从前不太一样

　　单车在经过田野　你轻轻唱

　　睁开了双眼只剩下相片

　　牵手走过的街道就在眼前

经过的路人和我们那时一样

真的永远无法和你在一起

但我会微笑着想起远方的你

一年的时间,她眼角眉梢生出了坚毅和果敢。

微笑坦然,并没有过多的无奈生活要投诉,也没有那么多不甘不舍要发泄。

这段光阴让她明白:不管选择的生活是什么样的,努力让它变成想要的样子就好了,不要着急否定自己的一切,要不,这个肯定将遥遥无期。

冷不丁,在转角遇见她的前男友,只有轻轻一句"好久不见"。

离乡背井,离开那些早需要被淘汰的温柔乡,背离那些早已干枯的无底井。一刀两断后,人生才能够重新翻篇,书写下一段故事,铭记更多的美好。

是啊,何必和往事痛苦不分离,陌生的孤独的旅程都是成长需要途经的风景,别扯着回忆枯死青春。

因为如果那样,后来的墓志铭上只会轻描淡写:不值得。

不要渴望别人给你力量

我如果爱你——
绝不像攀援的凌霄花，
借你的高枝炫耀自己；
……
我必须是你近旁的一株木棉，
作为树的形象和你站在一起。
……
我们分担寒潮、风雷、霹雳；
我们共享雾霭、流岚、虹霓。
仿佛永远分离，却又终身相依。

每次品读舒婷的这首《致橡树》，紫伊的内心都会多出一份坚持和自立的警醒。这样的爱怎么能让人不歆羡，这样的人怎么能叫人不深爱呢？

任何一份爱都是需要从心底自发生成，唯有爱自己，才能更好地去爱别人。而爱自己的前提是不蔓不枝地自我豢养，不依附任何一个人。

所以，紫伊一直独善其身，仿佛一座屹立不倒的大山，无需旁人的扶持，总能肆意地绿出自己的姿态。

大学期间，紫伊是许多男生追捧的"沈佳怡"，天天都有特殊待遇上门。

她不孤傲，很亲民，但在男生眼中，永远不明白她这座城池何时才能被攻陷下来，只是知道有机会。

四年时间，紫伊一直保持着低调的单身，点到为止地与男生交谈，并不复杂地暧昧，就像朋友一般。

突然，紫伊有了一个男友，一名不见经传的房地产销售人员。朋友都纳闷，为什么是他。

不久，答案便浮出水面。

比起男朋友的角色，这名男生可以称为"哥爸妻夫"，一人分饰很多角色，紫伊因而也可以在萝莉、公主和女王之间轮换角色。

最主要的是，这个男生是紫伊的高中同学，为了她选择到学校附近的房地产公司工作，一做就是四年。这样的诚心诚意着实打动了紫伊。

毕业后，紫伊本想着男友可以和自己回家乡发展，但公司在他交上辞职信的第二天把他升职为经理了，出于现实，男友留下来了。

两个人分居两地。

紫伊体贴男友的辛苦忙碌，常常利用空闲周末时间，搭乘18个小时的火车去远方看男友。为了省钱，她只买硬座，到站的时候，腿都是肿的。

最初，男友总在月台上等待着她。

"我工作太累了，以后你可以自己下了火车后打车过来吗？"
冷不丁地，某天晚饭的时候，男友小心翼翼地询问。

紫伊愣了一下，压下心里的不舒服，微笑点头。

此后，紫伊过来时总是一个人在冷清的车站等着出租车，回
去的时候，可能男友已经呼声震天了，紫伊就在屋里默默地整
理，打扫卫生，洗衣服，然后掺着眼泪，睡着了。

隔日醒来，就当委屈全部烟消云散。在这个世界上，每个人
都有需要忙碌经营的人生，无暇顾及他人，即便是自己朝夕相处
的影子也会在熄灯后远离。

紫伊准备了一肚子唠叨，想谈谈工作上受挫的事情，或者聊
聊和朋友发生的矛盾，这些都需要被安慰和关怀。正准备大发
牢骚的时候，男友便开始不耐烦地打哈欠了。转念，紫伊便沉
默，只有微笑倾听男友的生活和工作。

紫伊明白：不如此，还能怎样？

当年紫伊曾经依赖的安全感荡然无存，剩下的是可怕的习惯
了，习惯男友的存在，也就能适应他的冷漠。只是每次想起曾经，就
会觉得物是人非事事休，为什么当初那样美好，而今却回不去了。

问多了，心中生出了答案：在得不到爱情的时候奋力狂奔，
鞠躬尽瘁；得到爱情后就当甩手掌柜，有恃无恐。

也不知什么时候开始，紫伊渐渐忘记了那种无可奈何，也渐
渐不那么频繁地去探望男友了。

依靠别人的力量，收获的多半是失望和绝望，这不仅适用于
爱情，也适用于工作和生活。没有人能免俗。

　　一旦过分地苛求得到力量，就容易加重人生的负担。因为这等同于把自己全盘交托出去，可能的结果只有三种：珍惜、贬值和丢弃。

　　把快乐架空，随时准备取悦于人，丢失个性，随时准备受人支配，苍白人生，爱的奴性会散发出来，屈服于生活、爱情和工作。

　　在一个大雨磅礴的夜晚，紫伊忘记带伞了，看着空荡荡的街道，踌躇在等雨的屋檐下，等了很久都没有人来解救。男友的电话一直打不通。

　　唯有奔跑。

　　心里暗自思量着，下一回出门就该记得先看看天气预报，需要带伞的时候，别忘记了，或者更简单地直接选择让雨伞成为背包里的常住客人。

　　跑着跑着，紫伊没有往男友家方向走，而是背道而驰。

　　很笃定地跟男友说了分手。男友气急败坏地大喊："你一定会后悔的！"

　　紫伊忽然觉得很陌生。

　　在毕业后自立自主的生活里，男友到底扮演了多少次她背后支撑的角色，她记不起来了。但可以牢牢记着的是，她一路都在祈求呵护，却一路自给自足。

　　生命开场的时候，观众席上坐满了各式各样的人，他们拿自己的眼鼻口耳来观看你的人生。为了有继续的力量，你需要源源不断的掌声，可是人们是自由来去的，很快来很快走，为什么要等候掌声响起，而不是自己奋力为自己的精彩鼓掌？

原本自己是生命里唯一的主角，不知道什么时候成了配角，活得那么唯唯诺诺。

就算是跌倒后挂彩的伤痛，也远比随时依赖的舒适来得靠谱，因为摔了痛了，就会更坚强地面对艰险，而随时的依赖一旦失去，就会更残酷地摔出致命伤。

如果依赖一朵蒲公英，风一来就散落天涯，那么会有多少无奈和辛酸？

时间终究会让深的东西越来越深，浅的东西越来越浅。

干干净净地把自己放在了无人可以庇护的平原上，她找到了属于自己的许诺：此生，我想要做一个温暖的人，朴素生活，明媚梦想。

每次挣脱开紧紧拖住自己的软弱，生命就多了一种轻盈，那种双翅被捆绑的滋味也逐渐消失了。

心开了锁，就可以自在呼吸。

那么多的生活唠叨，她通过笔纸对话也顺利解决了，不再呐喊着需要被保护的力量，而微笑也能毫无障碍地和日子作伴。

生活变得那么不同，就同漆上了一种特殊的瑰丽。独自完成专属于自己的故事，三年中逐个实践自己的梦想，可能是买自己喜欢的书，去听一场喜欢的歌手的演唱会，去看一部刚上映的新片或者念念不忘的老片，去跟喜欢的人大声告白，在忙碌的工作空闲约见喜欢的朋友，去给未来的自己写一封漂亮而温情的书信……

原来，靠自己双脚站立着生活，一点也不难，而且那样快乐。

爱情不能永恒,追求爱情才会永恒

还记得《大话西游》中至尊宝说过一句极为经典的话:"若是给这份爱加一个期限,我希望是一万年。"

这样看来,爱是有期限的,并非如诗歌或者其他文章中记叙的那样,永恒。

其实,世间又有什么东西是永恒的呢? 世间万物,瞬息万变,即便是山水地貌,最终也会在很久过后,沧海变桑田。短短不过百年生命的我们,心中那份爱会至死不渝吗?

不会,沧海桑田,物是人非,再历久弥新的爱,也有被生活的琐碎浇灭所有热情的时候。

遇到桃夭的时候,她在大雨中撑着伞站路边等我。我受朋友之托,先将她接到自己家中小住两天。

这个女孩不远千里,抛弃原来的生活和工作,来到陌生的城市,只为爱情。这个借口看似纯情,我又怎么忍心用残酷的话语去伤害追求爱情的她?

桃夭只在我家住了一个晚上,便开始马不停蹄地找工作、找临时的住处。我看着她每天开心地忙碌,有些不明白是什么让她有这份执著。

桃夭告诉我，一个人一定要为爱情迸发出一种勇气，即便无法获得爱情，至少可以获得永恒。你的心底有这么一个位置，放着一个人，即便多年过去，回忆时仍全是深深的爱意。

不得不说，桃夭是不幸的，来到我这里第五天，她得知那个男孩准备接受家人的安排，同另外一个女孩子结婚了。

爱的时候，什么阻碍都不算阻碍。不爱的时候，什么理由都能算作借口。

桃夭大哭了一场，她为了一份爱情颠覆了自己的人生，可是却空欢喜一场。

爱情是每一个人都要经历的事情，也是人们一直歌颂的事情。人们都期望爱情可以永恒，希望和相爱的人携手一生。可是，在爱情的路上，我们又能够坚持多久呢？

再多的山盟海誓都抵挡不了岁月的侵蚀。人的身上存在一种特性，他们会更关心新鲜的事物而厌烦已经拥有的东西。

只是，爱情让陌生的两个人走在了一起，随着时光流逝，他们之间的爱情被稀释了，没有了往日的浪漫，开始变得枯燥，于是便选择了分手，最后相忘于江湖。

桃夭就是后者，她坚持了，努力了，为求心中那份永恒。可是，她的坚持，没有回报，令人唏嘘。

我以为桃夭会不停地挽留那个男孩子，但是，她没有。

她告诉我说，无论去留，都要有一份自尊，他可以不爱我，但是，没有人能够阻止我去爱他。

桃夭并没有回到她原来的城市，她说，最初，她为了爱情而来，现在，她则为了追求爱情而在这里努力生活。

因此，她给自己两天的时间，大哭，出门闲逛，让自己累到筋疲力尽，尽情发泄所有的悲伤。第三天，她重整旗鼓，开始认真地生活。

无论是生活还是住所，她都非常认真地筹划着。住所确定后，她为了提升自己还参加了一场考试。

在我眼中，她永远这样生龙活虎。自信的她也很快确定了工作，从她偶尔同我的聊天中可以看出，她的生活很快乐。

她的微博和微信全是新生活的照片，阳光而美好。

我曾问过桃夭，会将自己继续喜欢他的事情告诉他吗？

桃夭的回答是肯定的，她要让他知道自己对爱情的付出，即便他不会回应，哪怕他会逃避。她不认为自己是卑微的，追求爱情是每一个人的权利。何况，她也没有要求那个人必须回应。

我赞叹起来，有人说过越是得不到的东西越是想要珍惜，那么，一直追求的爱情也会一直美好，如同桃夭的美好。

一个一直追求爱情的人永远都会甜蜜，因为不曾想过会有怎样的回报，所以任何一个不经意的回应都会让自己开心很久。

所以，当一份爱情结束的时候，我们可以难过，可以惋惜，可以毫无形象地发泄一次，但是我们不能够放弃。因为，一段爱情结束了，我们还可以开始另外一段爱情。

我知道敢爱的桃夭终有一天，会遇到属于自己的幸福。果然，后来她信息里的主角换了。

那是她生活中的另外一个男孩，同她一样，乐观开朗，而且在工作上对她帮助很大。

桃夭告诉我，这个男孩让一直漂泊的她突然觉得有归属感，所以，她决定放下之前的爱情，开始另外一段爱的旅途。

我曾以为，像桃夭这样的女孩会认为爱情是永恒的，所以，她才会为爱情跋涉山水。

桃夭却回答，她从来没有认为爱情会永恒。世界如此繁华，我们会在自己的一生之中遇到很多人。谁都不能够十全十美，谁都会被更为耀眼的人吸引住。所有的爱情都是从这份吸引开始的。

可是，无论桃夭怎么喜欢这个男孩，她都没有明确表露自己的意愿。即便，这个男孩有所察觉，有意想拉近距离的时候，她也会刻意疏离。

桃夭说，爱情永远都有保质期，所有的事情有了开始就会有结束。爱情会输给世俗、输给时间，即便最后走到一起也会消磨殆尽。

这个男孩给了她归属感，她想一直拥有这份感觉，所以，她不要开始这份爱情，这样就不会有爱情的结束。

她跟他会一直走在这条路上。哪怕，今生会各在天涯海角，可是，心中一定会为彼此留有位置。

我对桃夭对这份爱情的理解表示惊叹。是的，她在一定程度上，让这个男孩永远记住了自己，这份爱情虽然没有开始，可是，它将一直存在，不会消失。

从来就没有所谓的永恒的爱情，它就如火红的玫瑰一样，虽然美丽但是最终还是会凋零。

尽管如此，人们还是相信爱情，他们一直在寻找着"永恒"的边界。而且，一个人即使被爱情伤得体无完肤，他最后还是会去爱一个人，哪怕那个人没有回应。

黑夜白天，那是一昼夜的结束，可是，它们还会重新开始，爱情亦如此。

世界上有太多的人，也有太多的相遇，现在相爱的或许并非是陪你走到最后的。不要轻视世俗或者时间的力量，生死相爱的誓言不过是口头之勇。

我们或许无法一直爱着一个人，但是我们可以一直被爱，一直去爱。

爱情不是永恒的，不然就不会有那么多分手的人。可是，即便会分手，他们也会继续寻找，直到找寻到一个人同自己相伴一生。

因此，不要再对爱情抱有不切实际的期望了。假如与一个人无缘，那么我们就放过自己，放过那份已经死去的爱情，继续上路。

只要我们不断地追求爱情，它就一直在，无论爱还是被爱。这是一个真正永恒的过程。

对值得的人，说一辈子的话

人们似乎都非常焦急，急着要把自己的人生"任务"快点完成。大学一毕业，很多人开始急着展开自己的人生。年纪轻轻的他们，开始思考着怎样买房子、车子，然后结婚生子，就像交功课一样，做好了功课，交上去，这就是人生。

年前，小薇参加了一个同学聚会。

期间，同学们的谈话已经没有了以前的畅所欲言，全是工作、婚姻。邻座是一位在银行柜台工作的女同学，她问小薇在哪里工作。

小薇笑说："就在家里工作。"看到女同学疑惑的眼神，小薇补充说自己是自由撰稿人。在一个小城，没有多少人会认为这是一个职业，但是小薇不介意。

"哦？那是？"

"就是写写稿子，骗骗稿费。"

女同学挑高了眉毛，探问着小薇的收入。小薇说："不高，连民工都不如。"实话。

在家工作，收入不高。在银行小姐看来，小薇无疑等于无业流民了。银行小姐开始趾高气扬，"旁敲侧击"地比较她与小薇的工作。

小薇一直点头嗯嗯啊，没有被银行小姐刺激到。她只是在最后说："难道做着自己喜爱的工作，不是一件乐事吗？"

银行小姐一愕，不过很快收拾起自己的"战斗情绪"，带着被打击了的懊恼说："那没什么好说的，价值观不同。"

"对，价值观不同。"小薇附和道，然后继续悠闲地喝着茶。

不需要一位预言家，很容易就能看穿这位有着"稳定工作"头衔的银行小姐，现在和以后的生活。

不久，她将会和一个门当户对的男友结婚。之前，她的男友已经挣够了钱，在小城里买下房子、车子。结婚后不久，他们会生小孩。她依然在银行工作着，除了结婚生子，她的生活并没有多大的变化，就连思想也是同几年前的一样。但是她的生活重心产生了变化，她逢人便说，自己有多么注重小孩的教育。她也的确如此，为小孩不是班上第一名而焦急，不停地给孩子选家庭老师、补习班，好像当孩子在最好的学府就读，她的人生愿望就彻底圆满了。当然了，她也会去旅游。她会以经常去港澳旅游为豪，然后告诉别人，炫耀着"战利品"，这将会成为她一年的炫耀谈资。她也会偶尔出国游，那将会成为她一生的谈资。

这差不多就是她的一生了。

停下来，做一些自己喜欢的东西，找一个值得的人，说一辈子的话。

难道就没有人愿意给自己点时间，去做这些事情吗？

又或者，有人会像银行小姐一样，说一句带刺的话：价值观不同。

价值观不同？

难道当你拥有稳定高薪的工作、体面好看的家庭时，你就会在面对困难时候有着重新站起来的勇气，面对不公正有着抵抗的勇气，面对美好事物有着珍惜的感恩？

在低谷时候，一蹶不振，失落至极——对不起，价值观不同，只有金屋银屋、豪车华衣才能填满我的失落。可是，你的心呢？

看到世间的不公正，我不说不讲不看——对不起，只要自己活得好就好。可是，你的心呢？

再美好的事物摆在眼前又怎样——对不起，没有功利性的东西，我不会好好珍惜。可是，你的心呢？

你的心难道不累吗？

你的心难道不希望停下来做一下自己喜欢做的事情，牵着一个值得的人，说一辈子的话吗？

哦，想起来了，你说，价值观不同，你的心就是希望如此。

亲爱的，你不累吗？

没有办法，人人都是这样。

人人都这么说。

是的。人人都在急着"交作业"。男孩女孩相遇，还没了解个人，就知道了对方的家庭、工作、背景。快速简单地在心里计算了一下之后，开始交往，交往没多久就迅速掀底。这时候，家里人催、亲戚催，再一合计一商量把婚一结。晚上躺在床上，两人心里想着同样的事情——终于了结了一桩事。第二天，起来再看看日程表，想起来还有生小孩。于是，小孩很快也生下来了。想着，不要让自己的孩子落在起跑线上，小小年纪就开始了各种补习。急着等小孩上小学、高中、大学，然后又急着催小孩结婚生小小孩。

自己的一生，差不多就是这样周而复始。

可是，心呢？

生活呢？

有看过本来面目的世界吗？

没有多少人会想这些。人们会说，不要矫情了。我做的这些，就是按着心做的。我的生活，就是这样塑造的。世界？多去几次旅游就看到了。

难道内心中的空虚就不管不顾了吗？

有不少人在年轻的时候像银行小姐那样，不管三七二十一，找了一份稳定工作，然后找一个门当户对的人嫁娶了，生了小孩，平平稳稳地生活着。在一天，他们突然发现，自己回到家之后，没有可以说说话的人。就算丈夫、妻子就在自己身边，两人也是相对无语。按着习惯做完一天的流水作业之后，两人面面相觑，没有什么语言交流，更别说心灵沟通了。

爱情？

对不起，没有。

在一起开始，就是为交作业，交一份标准答案的作业。适合别人的作业答案，并不适合你的。

不管是人生还是爱情，都需要慢慢来。男孩遇见了女孩，一见钟情也好，日久生情也罢，两人都是通过慢慢的相互了解，才能逐步建立更加深厚的感情。男孩与女孩相互深爱着，那么就在一起，厮守一辈子。不用急着去想那么多，房子与车子，现在没有，可以去争取。如果一直没有，那又如何？一家人能生活得开开心心，那不就足够了？

只是没有人有勇气去赌一个这样的未来。

如果抛弃"价值观不同"这层糖衣，问问自己，究竟希望幸福快乐地过一辈子，还是希望拥着房子车子面子却麻木地过一辈子？

每天迎着朝阳出门，却不知道一年四季景色变幻；在傍晚太阳下山回家，匆匆结束一天。走在路上的人脸上是千篇一律的麻木、疲惫和无奈，匆匆走在路上，像在追赶什么东西一样，但是连他们自己也不知道自己究竟要追赶什么。

为什么，为什么不停下来？

放开手脚吧，不要再害怕，不要害怕你抓不到那些抽象的、不知名的幸福。如果你有勇气，你可以抛弃身外物，去掉浮华，还原世界本来面目，然后做一个简单澄净幸福的人。在你回家的时候，打开家门，看到爱着的人，正含笑着等着你吃饭。也许，你们在一个陋屋下过着平淡生活，但是那又如何？你的心没有陋，没有累，那就足够了。

一个人的一辈子，选对一个值得的人，比什么都重要。下雨了,他撑着伞等你;阳光普照,他牵着你的手,去散步;天气冷了,他把你的双手放进怀中温暖着。

　　不要再追赶了,你不要为了交作业,去完成你的人生。等自己,等自己的心,等等那个值得等的人。在累了的时候,放慢脚步,听听爱的人说话,听一辈子,说一辈子,直到你们来世再见。

没什么舍不得，也没有那么多难过

舍不得的背后，是怀着对一份关系的美好期待。舍不得说离开，舍不得说再见，舍不得一别就是天涯海角。

舍不得的背后藏着千千万万的离情别语，但是没有舍不得，也就没有了难过。放不开的，永远是自己的那一关。

你自己才是自己最大的敌人。

小茜在细细绵雨中，迎来了曾经的恋人，又在细细绵雨中，送别了曾经的恋人。

她想起三天前，把自己裹在了一件风衣里。就像詹姆斯·迪恩把自己裹在风衣一样，身后的纽约街头，因他而不同。小茜想起了这里，心中不免百感交集。现在，自己将要迎来的人，不也是从纽约街头过来的人吗？

只是在三年前，两人都有着海誓山盟，想象着未来的各种美好。只不过没有料到，自己最最亲爱的人，会突然跟自己说，要远走他乡，去一个世界上最繁华的城市，追逐自己的梦想。

"那么我呢?"小茜喃喃着。

"如果可以，你就等我三年，三年后我们结婚。"

三年过去，她按照约定来到了三年前分离的机场。

她把自己裹在风衣里的时候，望着机场上那些等待的人，看着一脸喜悦迎接客人的人，突然就想到了那部有关爱的电影《真爱至上》，同样是在机场。电影把机场形容为一个充满爱的地方，分别的人们在这里重逢着。

那么，即将要分离的人呢？

小茜不知道为什么他能在相爱的时候抛下自己，去展开另外的生活。她最不明白的是，为什么他能做到如此的洒脱，说走就走？难道她心中的不舍，没有在他的心底产生一点点的回音？难道他们多年的感情最终抵不过他心中的乏味？

小茜想知道答案，她放不下。三年来，她尝试展开新的生活。她去到一个海岛城市，试图像他一样展开不一样的生活，希望新的生活能让她忘记不舍留下来的难过。

但是，无论海岛的生活多么精彩，她心中仍然忘不了。

海岛上一位充满智慧的老妇人告诉小茜，你舍不得的，不是曾经，只是那股怨念。小茜立即明白，自己才是自己最大的敌人。不是曾经的恋人带给自己的伤痛，而是自己的怨念。

她想起恐怖片中的贞子，那个披头散发带着幽怨眼神的女鬼，就是怨念所生。现在的她，不就是那个怨念所生的贞子吗？

放下怨念，就没有难过。但是小茜还是不能做到，起码她要有一个了结。解开了，才能优雅地转身。

她如约来到机场，等待着曾经的恋人。

见到他之后，她发现他没有了以前的意气风发，没有了以前的张扬，眼神里多了几分成熟与沧桑。小茜想了想，难道自己也是如此吗？三年的失落，也许会令她看起来很疲惫。

突然，她觉得自己可笑起来。

如果三年来，知道自己的恋人会在地球的另外一边被磨去棱角，失去往日令她倾慕的意气风发，大概她会减少几分舍不得。但是回望自己，在三年中，想念了太多，因而失去了更多。她离开了以往的城市，但是没有真正离开心中的牢笼，她没有办法重新站起来，放下心中的不舍，去展开自己人生。而她值得拥有更好的。

小茜等来了过去的恋人，在风衣中，调出一个笑脸，若隐若现。恋人看着小茜，感到陌生又熟悉。如果没有突生变故，他们现在也许就是一家大小坐在餐桌前欢怀大笑了吧。恋人走上去，想给她一个拥抱，又犹豫了。小茜没有扭捏，想着自己就应该好好抱一下这三年的幻影，伸开双手，拥恋人入了怀。

三天时间里，他们没有谈情说爱，也没有聚情说旧。小茜觉得好笑，三天时间里，两人就像君子之交般淡如水。几次，旧恋人想重提旧事。小茜都是摆摆手，笑着指向外面的天气说道，雨已经下了多天了。

雨已经下了多天了。也许在小茜的心里，在见到旧恋人那一刻，一切就已经放下了。在临走的时候，旧恋人对小茜说："还记三年前的约定吗？如果你愿意，我现在就回来。"

小茜笑了笑。她不是一直期待着这句话吗？可是，她摇了摇头说："在没见到你之前，我一直想念着你；当我见到你的时候,突然知道我已经忘掉曾经爱过你了。"

忘不了,忘不了,世间上哪有那么多的忘不了。

再是失眠,也有倒头就睡的时候。再是伤心欲绝,整顿一下,继续能爱下一个。

这世上,没有谁是缺了谁就活不下去的。

无论伤得多深,跌得多么厉害,只要心不死,人还在,依然能像小孩一样,站起来,拍拍屁股,拍拍手掌。

那么多的忘不了、放不下,是自己给自己设的一幕幕无聊戏码,好让自己活得像哈姆雷特一样悲情,好给自己无聊乏味的生活,增加一些调味料。

记住,没有什么大不了的。舍不得,才会觉得难过;舍得了,就是穿着坚不可摧铁甲战衣的勇士。

那些关于梦想的话，
都可以是真的

可悲到连梦想都相同

人生的每一次转角都应不同

你要去相信，总有和你一样的人

每个人都有一段不如人的岁月

你不必燃烧，生活自有精彩

不知不觉中，你可以负重再多一点点

那是回不了的过去，而现在才能把握住

生命的旁观者不是你

可悲到连梦想都相同

人的一生,就像树叶一样,永远找不到两片相同的。人各有命,不同人有不同的悲欢离合、喜怒哀乐。

很小的时候,艾云就被要求复刻别人的成功之路。

她的成长之路上,总有一个"隔壁家的小孩"鞭策着她——

"你看,隔壁家的小孩又是年级前三,你呢?""听说,隔壁家的小孩获得了钢琴比赛第一名。""隔壁家的小孩奥林匹克数学竞赛第一呢。"

每一次,作为小孩的艾云,都能听得出话语中满腔的期待。

她想垫高脚,平视着他们,说一句:"对不起,我不是那位隔壁家小孩,但是我尽力去做好了。"

她努力经营好自己,但是她不知道为什么拥有"隔壁家"小孩成就,就能获得荣誉加冕。

艾云想,与其垫高脚尖,不如复刻"隔壁家小孩",成为大人眼中的"乖小孩"。

她复刻着表姐的样子,参加了小提琴兴趣班。表姐在钢琴比赛中获得了名次,艾云就急切希望自己也能成为台上焦点。

妈妈告诉艾云，隔壁家的孩子获得了保送机会。

艾云就开始没日没夜，与白纸黑字相伴。人前的她是蓬头垢面，她也不管不顾，手捧着书，像古代书生一样摇头晃脑。

回望起自己这段时光，艾云真想晃醒亦步亦趋跟在别人身后的自己。

如果有人问艾云的梦想，当时的艾云，一定会说成为一个成功的人。

"怎样才是成功的人？"

艾云会想也不想地回答："就是别人眼中的成功典范。"

为了变成"别人眼中的成功典范"，艾云一直很努力，也活得很累。

别人一切的成功，艾云都渴望拥有。一切成功的标签，都是艾云的标准。

走得太累，努力太久，艾云也有过怀疑，但她从没放弃。

那时的艾云已经笃定地认为，梦想，就应该与那些成功典范相同。

她很少去体验近在咫尺的生活。她宁愿在一个小角落规划着未来，奋斗着将来，也不要看外面灿烂的阳光。

艾云悲哀地生活着，不断重复着别人的生活。就连梦想，也要生硬地强搬别人的。

其实，在这个讲求效率的时代，自己走的路，总会担心浪费时间太多，看到前人走通了路，就马上跟着别人走，就连对待自己的梦想也是如此。

突然，艾云在某一天，放下了自己手中的规划。她灵感一现，停顿在那里，回想自己走过的二十多年人生路，心中不免产生了悲凉——

她一直活在别人的梦想里。

她翻开那些证明自己曾努力的证书，悲哀地发现，那么多烫着金边的证书，没有一张是能令自己高兴起来的。

她一直以来的努力，似乎不是为了自己，而是为了不辜负别人的期许。她小心翼翼，如履薄冰，生怕哪一步脱离了"正常"轨道。

别人拥有的成绩，她拼命地追赶；别人的梦想，她也随手拈来，深信这就是人生。

艾云望着眼前这一堆证书，开始一张张地撕碎它们。

生命的每个阶段，有不同的任务。完成了那段时光的职责，就不要沉迷，不要痴恋于别人的梦想，不要狂热地等待着未来结果。

无论自身经历是痛苦、挣扎还是寻找，我们只有痛并快乐地生活着，相信唯一的未来。

你是谁，不必别人告诉你，不需要社会标签你。你是将钻石视若珍宝，还是当它为石头，只有自己才知道。不必为了别人的钻石，丢了自己，丢了人生。

随波逐流的事情很容易做，但是后果不是人人都承受得起。跟着别人代价看起来小，但是后果会让自己苦闷不已。

艾云醒悟之后，便释怀了，不再痴迷于成功典范的成就，也不再愚蠢地复刻他们的梦想。

尽管，多年来她早已经习惯如此这般地生活与成长，但是她相信自己一定能在岁月中，找到自己的位置、自己的梦想。

毕竟，她已经活了二十多年的累人生活，她丢弃了自己的本性，牵着别人的尾巴，一步一步地踏着前任的脚印。模仿别人，她已经走得够多了。

是时候改变了，给自己一点嘉许，不管你流过多少眼泪，不管你多么讨厌自己。抛弃自己的内心，跟着别人走，才是最愚蠢的白痴。

如果一个人没有了梦想，跟咸鱼没有什么分别；那么一个人连梦想都要跟别人一样，那就是比咸鱼还要可悲了。

人生的每一次转角都应不同

阿俊是一个"麻烦小子"。

他不是擅于制造让人困扰的麻烦,而是,他常常制造不断挑战自己的麻烦。

他是一个永远寻找转角风景的人。

他不期待顺风顺水的生活。他说,人活着需要激情。活得顺风顺水,不用心电图宣告死亡,自己已经跌进低谷了。

身边的人,不理解阿俊的想法。

不知道是什么改变了他。起初的他,简简单单地生活着,结婚生子是他的计划部分,而寻找转角风景,则是闻所未闻。

如同流星划过黑暗的夜空般,工作了几年之后,阿俊突然醒悟了过来。

他告诉别人,自己的人生规划要缓一缓,他要去寻找转角风景。

他告诉身边不解的人,不想再过一滩死水般的生活,他希望去冒险,去体验,去领悟生活,因为一旦所有人的经历都一样,那他不是迷失了方向,就是生活在牢笼里!

阿俊宣告自己要用一年的时间进行"间隔年"。

间隔年，阿俊身边的人没有听过这样的新词汇。在他们听来，就像把阿俊间隔开来，脱离他们生活的轨迹，等阿俊回来后，变成一个他们无法辨认的"原始人"。

阿俊笑着解释，那是国外流行多年的一种自我探索旅行。一般是大学毕业之后的社会新鲜人，为了做好日后踏进社会的准备，他们会进行为期一年的义工旅行，就是一边打工一边旅行，见尽不同国家风景，吃尽不同国家的苦。

他们跟阿俊说，如果你想去旅游，为什么不好好挣钱，然后享受地去旅游，而不用像现在这样选择辛苦的方式去看世界。阿俊不以为然，不同人有不同的选择，他可以选择轻松的方式"到此一游"，但他想在生命中用探索的方式去找寻一些失落的碎片。

看世界，不同人有不同想法，不同方式适合不同的人，而他宁愿给自己选择艰辛的方式，他相信困难是让自己领会万物之灵的最好方法。

他希望在旅途中，能用自己的方式，去克服那些永远在意料之外的困难。尽管他没有期许着这次的旅行必须要出现峰回路转的戏码，但是他希望能知道自己能走多远，能有多大的心，去解决多大的问题。也许，他会有山穷水尽的一步，不过他期待在柳暗花明之前，找到自己的方向。

人生每一个阶段，都应该有不同的风景，每一次的转角都应该看到不同的风景，不是吗？

阿俊的第一站，选择去被形容为"不可思议"的印度。

初踏上印度这片土地，阿俊没有感到印度的"神奇般的不可思议"，反而心有戚戚然——脏乱差的街道，车辆满地飞。

一下车，阿俊顿时就懵了。不过，他稳住了自己，拿起行李包，大踏步向前走去。他找不到旅馆的路，但他信步走着，漫无目的，反而感到了轻松。

他想，如果人一直在熟悉的道路上行走，终有一天，会发现这些通向四面八方的路，会缠绕在一起，变成迷宫，使人迷失在里面，最后否定了自己。

曾几何时，你以为自己可以到达心中的远方，然而，就算在一直喜欢的繁华都市里，也会渐渐发现，你失去了自我。为了生活，你必须学会曲意逢迎，学会丢掉所谓的坚持，最后变得自己都不认识自己，却也无力改变这种事情。

人应该不断成长，不断去探索。转角风景，不必美丽，不必芬芳，不必热闹，只要每一次能给你我带来不同体验。

转角存在的风景，就是让人去成长的。

混乱？未知？变数？不需要害怕这些，带着一颗热忱的心，就能看到明日的灿烂骄阳。

在印度的阿俊，没有刻意跑所谓的景点，他每天起来，站在晨光之中，双手合十，向印度诸神祈祷。他感谢印度诸神赐予他每一天的体验，感谢印度诸神赐予他不再迷惘的心。

出门后，阿俊选择与昨天不一样的路。人生地不熟的他，不是害怕迷路，而是害怕即使在一个陌生地方，还是走着与昨天相同的路，遇到相同的转角，见到相同人与事。

　　阿俊满怀着热血展开了自己间隔年之旅，他带着平静与满足踏上了印度土地。他不知道自己能否找到生命中失落的碎片，他也不期待通过一场旅行，能填充完沉甸甸的生命"课题"，他甚至不再期望着什么，他不过在路上漫无目的地走着，看着，感受着，体验着一切的不同。

　　阿俊唯一能肯定的就是，不要活在臆想中，走出去，走出自己的舒适区域，走向下一个十字路口，走向下一个转角，去体验，去生活，去感受，直到你领悟了它为止。

你要去相信，总有和你一样的人

你总说别人笑你太疯癫，其实你是一个伤感愁怀的人。你希望能在一天与人谈论天气之后，再说说各自的心境，偶尔聊聊人生规划志向，慢慢发出"有你真好"的感叹。

涵涵一直希望找到一个能跟她说心底话的人。

她希望她在说自己梦想的时候，那个人不会说她只会空想不懂实际，说她不过是一个幻想家。她希望自己在谈论喜爱的书籍时，那个人不会头也不转地来一句"我从来没有看过，没有意思"就结束了话题。她希望自己在讨论时政的时候，那个人不会敷衍几句，然后转移话题。

涵涵希望找到一个能与她有着共同想法与喜好的人。这个人不一定能成为她的知心朋友，但是能理解她，就像理解自己一样，好让涵涵不再感到孤独。

"我总是期待着身边出现这样的人，不管性别，不管年龄，只要我说出一句，他就能马上领会到我所表达的，甚至如同我自己一般感受到一切。这样，就不会有一种世界上没有人能理解我的孤独感了吧。"

涵涵说完，总会有人安慰她："能在你没有讲出话之前，就了解你，这样的人应该不可能存在吧？"

人本来就是群居动物。而世界上的人千千万万，为什么就没有办法找出那个能与自己心灵相通的呢？也许是世间太急躁，人们早已经没有时间去寻找另外一个超越友谊超越爱情的人。

涵涵愿意相信，在世间，总有一个人能与她一样，相信着世人不相信的事物，执著着看不到终点的事情。那个人，也许此时此刻正与她一同努力着，为着纠正过去，为了更好的未来。

即使世间浮华太多，云里雾里看花，总是隔着万重千山的迷雾，也请不要气馁，不要失望。请你一定要相信，在平行时空里，总有一个人能与你一同去感受周围的事物。这个人有着和你一样的感触，像你一般努力令自己的生活变得更加美好。

尽管，你从来不知道此人的存在，但是请相信，无论多么孤独，多么寂寞，也不要失望，也不要停止去寻找那个能真正分享你生活点滴的人。

涵涵从未放弃过寻找与她一样的人，她努力让自己的步伐追赶上那个"灵魂的伴侣"，期待着有一天他们能谈天说地。直到一天，她真的遇上了一直等待的人。

涵涵的知己，是来自地球另一端的挪威女孩。涵涵偶然在一个国际网站上认识了这个女孩。令涵涵惊喜的是，尽管她们相隔很远，她们对于事物却有着惊人的一致看法。

她们讨厌喧哗的节日，喜欢静静地在博物馆欣赏艺术品，同样擅长于给自己设计和制作衣服。她们甚至看过相同的书籍，有着同样爱恨分明的观点。尽管两人从来没有在虚拟网络之外的世界中见过面，但是她们觉得这样已经足够了。

涵涵觉得这位挪威女孩就是她的一个影子，一个生活在挪威的涵涵。挪威女孩在透过她的眼睛，带领涵涵领略另外一个世界的多姿多彩。有时候，涵涵在想，有了这样一位知己，人生也算知足了。

世俗太盲从了，身边很多人总是带着功利性的目的，去交往朋友。没有多少人愿意带着一颗纯粹的心，认识万千世界外另一个知己。他们无法体会到，当知己在一起时，无声胜有声的默契与心领神会；无法知道，两个灵魂融为一体时的超然。

放下成见与傲慢，放下偏见与理智，请相信这个世界总有一个人和你一样。

无论你是在努力奋斗，还是消极悲伤，总有一个人，希望与你分享一切，分担一切。他也许不是你的爱人、亲人，甚至连朋友都算不上，但是总有一份心灵的默契，牵扯着你们，让你们在某个特定时刻，心领神会，发出会心一笑。

当这个人出现的时候，你就会突然发觉，原来，自己并不孤单。

每个人都有一段不如人的岁月

　　每个人曾经都奋斗过,但是获得的回报与努力不能成正比,付出的努力就成了浪费。当人回望的时候,总会失望不已,然后幽幽怨怨地给那段奋斗的岁月贴上"不如人"的标签,接着一边走,一边怀疑着自己的运气。

　　楚江曾经有过不如意的时光。

　　在这段时间里,他郁郁不得志。周围的同学朋友已经过上轻轻松松的生活,而他在自己的梦想中挣扎着,甚至遭到亲人的背弃。

　　大学毕业的他曾经端过盘子,做过洗车工,受尽白眼,看尽世态炎凉。别人问他,你是大学毕业,为什么不给自己选择一条轻松点的路,偏要固执,偏要坚持,硬要过得如此不如人呢?

　　楚江有梦想,他对时尚有兴趣,希望成为一个顶尖街拍摄影师。他没有专业背景,没有强硬后盾,更没有强大人脉。不过,他相信自己的天赋,相信自己的眼睛。在大多时间里,他拿着一台普通相机,在街头捕捉一个个倩影。为了拥有更多时间,为了能在白天拍照,他宁愿选择一切能在晚上工作的职业,端盘子、洗车、加油，低微又辛苦。

没有多少人能有楚江这般的毅力，他们觉得不可思议。为了那遥不可及的梦，如此放下身段，如此艰辛，值得吗？

身边多少也有这么一些人，他们总是比自己厉害，有着各种优越的条件，但是他们却比你更努力。也许，当你在蒙头大睡的时候，他们还在挑灯夜战；当你在幻想未来的时候，他们就已经在构建未来。

不要埋怨自己的生活一团槽糕，举目望去，有哪一个人不是这样过来的？当你正处于那段不如人的岁月中时，不要屈服，不要甘愿当别人生活中的小配角，你要把控住自己的生活。

即使岁月平淡不堪，即使生活波澜不惊，你也不能在沉寂孤单的生活中停滞不前。你要成长，要努力，要让自己的步伐追赶上岁月的洗礼。终有一天，你会发现，那段不如人的岁月，早已经在你背后。

楚江曾经怀疑过，他这么对别人说："我在努力的时候，总会想如此努力，到底是否能成功？不知道结局到底怎样，就不敢放手一搏，在左右摇摆之中，又令自己为难。"他就是在思来想去中，痛苦地生活着，如行尸走肉一般。

迷糊中，他站在了野外，数着天外的星星，纠缠于努力与付出是否有回报。突然，他看到一颗流星划过，顿时充满了感慨。

天空中出现一颗流星，说明天外有一颗星星在陨灭。尽管伤感，但在陨灭之前，这颗星星燃烧到极致来炫耀整个星空。

楚江想到，假如此时此刻，他就要离开人世，那些他没有完成的事情，一定会成为他终生的遗憾。他应当像一颗流星一样，即使会陨灭，也要尽量去灿烂，才能对得住自己。

每个人都会质疑自己的努力，质疑自己的痛苦岁月会没完没了，害怕天底下自己是运气最不好的那个人。请相信，你绝对不是唯一一个有着不如人岁月的人。

即使你现在举步维艰，也要坚持不断地付出和努力。因为当你在做梦、逐梦、追梦的时候，会有激动人心的那一刻。在那个闪光的时刻，你会豁然开朗，醒悟到成功与否已经不再重要，重要的是在追梦的自己，是比以往更加精彩的自己。

你努力让自己的生活变得充实与平静，这就已经是最大的回报，因为你在坚持努力的路上，遇到了最好的自己。还有什么好遗憾的呢？没有遗憾的人生，就是最大的成功。

等回望的时候，你会突然发现所谓不如人的岁月早已经结束，自己早已蜕变成另外的人。

而当初的楚江在开悟之后，他放手一搏，不再埋怨不如人，不再抱怨生活不公，也不再怀疑自己的梦。他义无反顾、一往无前地向前追逐着梦想。在他付出的时候，他已经忘了生活的种种不如意，忘了计算回报。在最后的最后，他争取到了自己想要的，笑傲了群雄。

你不必燃烧，生活自有精彩

我常常怀念那个叫詹姆斯·迪恩的年轻人。

那个在 20 世纪 50 年代成为美国青少年偶像的年轻人。在《无因的反叛》中，他穿着红色夹克衫，蓝色牛仔裤，玩着当时美国年轻人最流行的竞车游戏。游戏中，两辆迎面相开的汽车，谁先把车头调转，谁就是输家。

影片中，迪恩毫发无损。但是，不久之后，他在加州柯兰尼路附近的 46 号与 41 号交叉点上，开着一辆银色的保时捷 550 跑车。这辆车不断加速着。就像它炫酷的外表一样，不断加速的跑车就像一颗飞出枪膛的银色子弹。令迪恩料想不到的是，迎面突然出现一辆福特车，那一幕就像电影中的情节。就在一转眼的刹那，跑车撞进了福特车。迪恩的一生就此定格，定格在了 24 岁那一年。

后来迪恩成了美国偶像，成了美国文化的象征。这一切，是用 24 岁的年轻生命换来的。他的死留下了传奇，让影迷们用无边无际的想象力去继续填充。他的头像被印在各种地方，马克杯、台历、海报等等，他的青春面孔被波普文化大量消费着。而他静静地躺在自己的墓地里，无缘于世间的一切浮华。

也许，真性情的迪恩不在乎这些。但是，我们不得不感叹的是，有着绝顶才华的他，就如此地消逝，这是一种无以言表的遗憾。他在那个绅士们大行其道的时代，以一个初出茅庐的黄毛小子的形象，赢得了世人的关注。是他的青春与热血，让人们不知不觉中喜欢上这位不管不顾的年轻人。

他不惧怕未来，也不惧怕当时的正统形象，他我行我素，自得其乐。所以，年青一代在这位初来乍到的好莱坞筑梦者身上，找到了自己可以延伸的无限可能性。迪恩，为他们提供了一个自我展示的平台，通过流露出最原始的发泄情绪，再加上青春的冲动与冒险精神，令新一代人对这位好莱坞冒险者产生了热爱。

不少青春年少的人，也许更希望自己步迪恩的后尘，疯狂地度过青春时光，然后再匆匆地离去，期待着自己短暂的一生，能带来风光的怀念。

他们想燃烧自己的活力，点燃生活激情，他们渴望为人熟知，希望活得轰轰烈烈，他们固执且愚蠢地认为燃烧尽自己的热血，生活就剩下纯净得如同清水一般的快乐。

有些人生来就如同流星一般，划过璀璨的星空，转瞬即逝，但更多的是平凡你我，追逐自己的平淡，才能看到路上的精彩。

我们总是羡慕着人前的风光，却不知道别人为此付出的代价。别人衣着光鲜谈笑风生，在社交网络上一天到晚分享着自己的丰富生活，并不代表他们没有黑暗、悲伤、失落、惆怅、悲哀。

如同迪恩，他死后赢尽了荣誉，可是他却不知道。

　　从容优雅地生活，不一定就要风风光光。那些优秀的人，也有在晚上擦泪的时候。就算身边优秀联盟越来越多又怎样？那也不过是世人用物质的标准去评价而已。在围城中的人永远想着出去，在围城外的人总想进来。

　　阴与阳从来就是相伴相行的，塞翁失马焉知非福的道理也是人人皆知。把这些看开了，参透了，你也会回头看看自己的岁月，充满着阳光，充满着朝气。

　　而迪恩在他二十四岁的时候，匆匆地离去。

　　留下无限的遐想，留下无法弥补的遗憾。

　　而在他离去的那个下午之前，他刚刚收到了一张超速罚单。

　　如果他知道他赶不上荣誉之冠的加冕，就离开了人世，他会不会在面对死神那一刻产生犹豫？希望时光重来？那时的他，会不会放松脚步，让自己享受更多的青春时光？然后让自己拥有更多的荣誉，更高的地位？

　　世人不知道，只是说了一句，寄予更多想象在可能性上。

　　生亦风骚，死亦匆匆。

　　在前人风骚的一生中，后人也希望燃烧着，却不知道平凡生活的自得其乐。

　　别傻了，年轻的、渴望着体验生活的你我。

　　这一生，我们拥有什么样的生活，如人饮水，冷暖自知。

　　我们不需要年轻的冲动与愚蠢来标榜自己的独一无二。

　　我们不是迪恩，也不需要像他一样疯狂地燃烧着自我。平平淡淡的生活，虽然不适合青春的戏码，但是却是生活的真谛。

多少风光热闹也不过是一时一阵，累过、哭过、倦过之后，还是躺在家里舒适的床上，才能惊觉生活的珍贵。

而那些在生命中匆匆忙忙燃烧着自己活力与青春的人们，他们或许还没有平凡你我体验得多——他们不知道午后阳光是多么灿烂；他们不知道雨后空气是多么沁人心脾；他们不知道爱人的一个眼神是多么甜蜜；他们不知道家人的关怀是多么珍贵。

他们只知道，疯狂刺激后的空虚是什么样子的。

不要等着别人来定义自己的幸福，那些快乐、成功，不是你想要的，永远都不是你的。

不要再被那些华丽的糖果纸蒙蔽自己的双眼了，掀开来，用自己的眼睛看世界。别人的一切是你想要的吗？那些像在灯光下的钻石一样，能亮瞎你双眼睛的事物，是你想要的吗？

如果是你想要的，那你就去争取，去努力，去坚持，去够上想要的。如果你只想喝一杯清茶，依靠在爱人身边，听风看雨，没有波澜壮阔，没有高低起伏，那你就要有一颗知足的心，对此感到心满意足。

不知不觉中,你可以负重再多一点点

阿琼是一个瘦瘦弱弱的女孩子,她是那种站在风大一点的地方,身边的人都会担心她会不会被风刮走的人。

男孩见到她,都会想着需不需要上去保护她。

但是,就是这样一个女孩,不依不靠,独立坚强地生活着,她的生活勇士就是自己。就业的时候,她选择了一份众人都反对的工作,这份工作需要她每隔一段时间就要换一个地方生活。移动的家,就是她这份工作的条件要求。

家里人反对,他们认为阿琼没有办法适应这样劳碌的生活:"为什么你就不能像别的女孩子那样做一份安稳的工作呢?"

没有人能想到看上去如此纤细瘦弱的阿琼,竟能用如此的力量,去力压排山倒海的反对。

无论是工作还是爱情,她都没有选择一条轻易的道路。

工作上,她永远是把最重最累的活儿揽在自己身上。很多人会好奇,为什么一个弱女子,在连续几个通宵赶计划书后,还能神采奕奕地与客户谈判,而这些本可以不用她一力承担。

在爱情上，她从来不会为了消遣寂寞，而随便对待自己感情。她身边不乏追求者，但她坚持着单身，拒绝着暧昧不清。宁愿一个人负重着几十斤的行李徒步，也不要一个不合适的人在雨天为她撑伞。

一个人必然有一个人的战斗，无法替代。

我们总是羡慕别人的光鲜，孰不知那些看似光鲜潇洒的人，其实背负了多少的重量。

阿琼不埋怨，不拒绝，默默地承受着生活附加在她身上的重量。她说，人生的负重，就像收拾行李包一样，掂一下，又可以带上一些有用的物品，而这些物品在旅途的时候，总会发挥用处。

生活也是这样，给自己负重多一点，到了需要的时候，总会感谢自己一路的负重。

现在的阿琼，过着自己想要的生活，一切称心如意。她知道，这样的生活，需要怎样的付出。她也愿意为了这样的生活而付出。

她知道骨子里的自己，有着不安分的因子。她纤弱，但是她不微小，她愿意肩负起自己的使命。

她在不知不觉中，实现了别人对她没有过的期许。她是一个搬运工，一个负重者，一个不断努力向上走的人，她不依不饶，在不知不觉中，给自己承担着重量。

压死骆驼的，是最后一根稻草。这句话是说给贪图安逸、不思进取的人听的。一个有着负重能力的人，能在不知不觉中，承受起一大捆一大捆的稻草重量。他们不会在某一天，突然对别人说，对不起，我已经承受了。他们只会咬着牙，负担上身上的重力，继续前进着。

而终有一天，他们会发现自己身上的重量，在慢慢地消失，自己的胸膛也逐渐挺直。

那是回不了的过去，而现在才能把握住

  不少人活在过去之中，念念不忘各种美好悲伤、花开花落。一切的一切，成为心中的痛。

  琳琳总是在怀念过去。她的过去有很多创伤，她曾经伤害过爱她的人，曾经让自己一无是处。

  她说，如果回到过去，她能让现在变得更好。

  她不断回忆着过去，幻想着在曾经的时刻，自己阻止了自己，扭转了局面，改变了命数。

  "如果当初，我留住了他，也许我们已步入婚姻的殿堂，现在幸福地生活着……"

  "如果当初，我没有受到迷惑，而是脚踏实地努力着，也许现在的我，多少有点成绩了。"

  有人提醒她："如果让你回到过去，但是你的记忆被抹杀了，你不知道将会发生什么事情，你还会回去吗？"

  当然。

  "那你确信回去之后，你能改变一切，你能对过去的亲人说暖心的话，能告诉他们你有多爱他们？你能不再犯下那些错误，

不再让在乎你的人伤心，不再让他们为你流泪？你能充分享受
过去的每一分钟，感谢上天的恩赐？你能让自己与身边的人重
新生活在美好之中？你能在过去重新来过，努力让现在的自己
过上不会后悔的生活？"

很多人就像琳琳一样，执著于过去。

也许每个人本应在生下来就获得太阳的热和光，获得生活
的恩赐，但这不意味着你我一定会得到这些属于自己的东西，这
就是生活的无常。你我是俗人，看不透，也懂不了，那就唯有接
受那回不了的过去。

也许，你在幻想着，发生在自己身上的不好事情，能像黑板
上的粉笔字一样一抹就消失了。可是，这并不可能，我们唯一能
改变的过去，就是现在。

面对回到过去的问题，琳琳想也不想就说："当然可以，不
然，我回到过去干什么呢？"

"即使你不知道过去的未来将会发生什么？那将意味着你
会在不知情的情况下再次选择。"

"是的，是的，我愿意，我愿意立即马上回到过去，扭转一切，
改变自己！"

"既然你回到过去，不知道未来会发生什么，为什么不从现
在开始改变，好让未来的自己不再后悔？"

琳琳一时语塞，她也明白了提醒人的用意。

过去已矣，我们要做的是把握好现在，不要让现在成为无法
挽回的过去。活在当下，珍惜现在。对自己负责，对其他人负

责，知道自己想要的是什么，然后勇敢地去追求。不要被外界的名利迷惑了双眼，忽略自己心底最渴望的东西。

告诉自己，赐予自己力量：如果遇到无法改变的、已经发生的事情，就要有接受它们的力量；如果遇到你能改变的、现在面临的事情，就要有改变它们的勇气。如果无法分辨出是改变还是该接受，那你就要有判断两者的智慧。

此后，琳琳再也没有想着"如果怎样"。她知道，过去已经过去，一切都没有意义。她找到自己伤害过的人，无比真诚地说了一句："对不起。"——对不起，这么做不是为了让自己好过点，而是希望对方也能放下过去。

她也不再告诉别人，自己是个一无是处的人。她奋发起来，尽管岁月正在追赶着她，她学习、考试、参加培训，她不希望自己还是别人眼里那个"本来有着光明前途的人"，她想做一个"将会有着光明前途的人"。

她的努力，正在一点一滴地改变着未来。

相信自己，在最后，一切都会美好起来。

如果一切还没有守得云开见月明，那说明这还不是最后，而你还有着把握与改变的机会。

改变过去，一切都晚了。改变现在，才刚刚开始。

生命的旁观者不是你

人总喜欢为难自己,包容别人。

的确,生活在这个世界里,我们总喜欢成为别人喜欢的人。所以,我们不断地去磨平自己的棱角,去改变自己的习惯,以很多人的要求为标准,努力成为那个大家都喜欢的人。

于是,我们成为自己生活中的配角,一个躲在角落里没有多少对白的演员。

我们走得太快,忘了等等自己,忘了一味的迎合只会让自己成为生命的旁观者。

心如有一帮无话不说的好友,读书时代,他们聚在一起,聊天南地北,聊理想,聊未来。未来之于他们,就是一卷没有尽头的画卷,等待着他们去挥洒笔墨。

毕业工作之后,心如这帮朋友坐下来,就开始埋怨,聊得最多的是,自己如何被生活绑架了。

"我的未婚妻说,没有房子与车子,我们就不能结婚。"

"我想尝试说走就走的旅行,可是工作总是太多。"

"每天三点一线,生活枯燥又疲倦。"

　　每次听到这些，心如都想站起来，站在椅子上，站在一个聚光位置最好的地方，大声地跟他们说："停止抱怨吧！你的生命由你做主！"

　　曾经的心如，也像她的朋友们一样，感叹着自己的生活无法掌控，只能站在一边当一位无动于衷的观众，拍拍手掌，叫几声好，完了就一生。

　　后来，她病重的爷爷在病床前告诉心如："人生长短不是最重要的，重要的是你有没有把握好。如果你无愧于心，到了生命最后一刻，也会安然离去。"

　　心如捂着脸，大哭了起来。从小爷爷就教会心如很多的道理，教她说话，教她走路，教她做人。现在，爷爷在临走之前，又教给了她最宝贵的一课——把握生命，决不做生命的旁观者。

　　而这一课，对于当时的她来说，是多么重要。

　　那时的她，刚刚毕业，在社会浪潮中浮沉，曾经的梦想在慢慢瓦解，没有了支撑，她患上了抑郁症。

　　心如痛恨着周围一切，但她又无可奈何，直到爷爷的提醒，她才恍然：为什么自己选择做一个观众，而不是站起来，迎着狂风暴雨，走出自己的精彩？

　　诚然，生命美好而短暂，总能令人抱憾。生命是画卷，精彩纷呈，但是生命没有不抱憾的。不抱憾的人生是缺少棱角的山，是没有蜜蜂青睐的鲜花。只要心愿意，你的生活永远藏在你的口袋里，摸一摸就能发现。

　　只要我们还活着，还拥有自己的梦想，你就可以把握自己人生的方向盘，做自己生命的体验者。

生命至于人的意义，不过是成长，你在里面成长了，你的人生就值得回票价。你在生命里面衰老了，生命就是一团垃圾，毫无用处。你就活活被生活捆绑了，成为一个第三者。

以前的心如，一直希望能成为出色的调香师。到了后来，她发现成为调香师不是容易的事情，特别是她的家人朋友反对，认为她应该脚踏实地，选择一份稳定体面的工作，而不是冒险，把自己托付在没有希望的生涯上。不过，醒悟过来的心如，不再顾虑过多，她马上报了一个调香师培训班，学习如何当一名调香师。白天，她兢兢业业地工作；晚上，她在培训班学习如何调香。

在学习调香时候，心如惊讶地发现，在热爱的调香上，自己还颇有天赋。经过一段时间的努力，现在的心如已经成为一位小有名气的调香师了。

她已经慢慢走进自己的梦想，她已经从生命的旁观者，变成生命的主角。

思维的惯性总是让我们觉得青春是最美好的时光，但青春对于大多数人来说就是读书时期。一旦步入社会，才二十岁出头的年轻人们，就变成了别人的期待、社会的期许，变成了自己人生的旁观者。

他们不停地奔波，找工作，最大的希望不是成为科学家、艺术家、设计师，而是希望能用廉价的青春和辛勤的劳动换上或维持一种尽可能体面的生活。这也是为什么那么多将要毕业和已毕业的年轻人，为争取一份稳定工作而挤破头颅。在一个本该敢想敢梦敢做的年龄,却像一个中年人一样寻找一个固定终生的安落窝。

这是人生的悲哀,也是时代的悲哀。但是身为人,总有选择的权利,选择自己的命运,选择自己的生活。你年轻,就说明等待着你的选择还有很多。

如果你不愿做自己人生的第三者,就不要早早告别自己的美好岁月,起码在你还没绽放的时候,不可以,因为最美丽的岁月还在前面。

青春其实
就在眼前

青春，本应该冷暖自知

亲爱的，你可以不迷茫、不彷徨、不纠结

越长大，越得"担事儿"

只要你愿意，没有到此为止的青春

不过他人的"二手生活"

不是不想长大，只是我的青春太棒

体验青春的前提是切肤之痛

青春，本应该冷暖自知

"亲爱的，你可以不约会、不谈恋爱、不出去玩、不喝酒、不逛街、不疯、不闹、不叛逆、不追星、不暗恋、不表白、不聚会、不 K 歌、不撒野，因为你要学习。请问你的青春被狗吃了么？"

这段话一度很流行。

看过之后，不知道有多少人表示赞同，点完赞之后，还要转发，似乎只有这样才能表示出青春如此度过才会美丽多彩春光灿烂。

甄珍与安惠是一对从小玩到大的好朋友。她们两人从小就手牵着手，唱着学校刚教的歌曲，走进同一个校门。在放学的时候，她们两人又手牵手，蹦蹦跳跳地回到家。

有时候，她们会希望头顶上的天空不要那么遥不可及，希望脚下的街道会越来越短。她们希望在睁眼闭眼之间，自己一下子长高长大，触及梦的边缘，回望各自的美好。

她们没有神仙棒的魔法，不能在睁眼闭眼之间一下子长大，只能乖乖地按时长大，等到她们醒悟过来，伸一下懒腰，发现自己已经失去了童年的无忧无虑，拥有了长大后的烦恼。

甄珍与安惠一起长大，但是她们各自在变化着。甄珍变得乖巧文静，无欲无求，简简单单的生活，对于她来说就是最大的幸福。安惠不同，她是一个活泼大方的女孩，敢想敢做。十年前，两人手牵着手一起上学；十年后，两人在不同的城市上大学，经历着不同的事情。

安惠每次见到甄珍，都会心生感慨：十年前的小女孩没有变，依然是一副不惊不动的恬静，也许内心的变化，只有她自己才知道。在很小的时候，安惠就下决心日后一定要出人头地，一定要衣锦还乡。她读书的时候力争上游，成绩永远都是班上第一第二名。高中后如愿地考上了重点高中，然后没有任何悬念地考上了重点大学，选择了一个有前途的专业。她的每一个选择，都朝着自己的目标迈进，就像精确计算过的数学公式一样，没有一丝一毫的偏差。同时，她过着在别人眼里十分精彩的生活，她张扬地挥洒着青春，为自己编织一个个青春故事。在友情或爱情中，有过执著、欢笑、悲伤，经历的每一幕，她都心甘情愿。

甄珍不同，她在读书的时候，只求成绩尚可就好。平平淡淡地过完高中生活后，她考上一所普通的大学。在大学里，她没有那么多的精彩故事，不过是把大多数的晚上放在了画画和写字上面。毕业后，她认识了当时还在读硕士的男友，就期待着与他安安稳稳过日子。待他毕业，两人就成婚。她不在乎外面的物质标准，只想简简单单地生活着。

多姿多彩并不是甄珍所看重的。她有时候好奇，难道青春就应该像野狗一样撒野才算是青春吗？难道没有一段在雨中奔跑着大哭的青葱爱情,青春就是白过了吗?多少人,又真的拥有那些爱得死去活来的爱情戏码呢?

是什么时候开始,青春就让人给定义了应该做什么、不应该做什么?应该像杂志封面一样精心打扮自己,做着疯狂的事情,说出一些忧伤得自己也不知道是什么意思的话语;而不应该认认真真地读书,看很多的好电影,做一些讨家中长辈喜欢的事情。

每次在交流完各自的生活故事之后,安惠觉得甄珍的青春如同白开水一样温吞,且无色无味。而安惠,她要不就是选择冰冷的水,要不就是滚烫的水,介乎两者之间的温暖白开水,她是一点都不碰的。

安惠有时候会问甄珍:"这样平淡如水的生活是你想要的吗?"

甄珍每次都坚定无比地说:"是的,我就是希望有着这样的生活,夕阳西下,等待着爱人回来,煮一顿温暖脾胃的饭,过着安稳的日子。"

在安惠看来,甄珍的青春是没有开始过,也没有结束过。

如果把时光贡献给书堆不是青春,那疯狂地爬上山顶之巅倒数着新年时刻,就是青春了吗?什么时候,什么人,给青春下了如此欠缺大脑思考的定义?

每一段的青春都是青春,没有青春的青春,也是青春。青春是每个人,是属于每个人独一无二的回忆与经历。那一段段没有办法言传、没有办法复制的青春,是我们人生成长的一个阶段。不是越疯狂越迷人，精彩与否，不是由其他人去定义，而是自己怎么看待。

也许相比起来，安惠的青春更加精彩，甄珍的青春略显单调，不过无论是安惠，还是甄珍，两人都问心无愧。

两人分别之后，继续各自筑造着自己的生活。安惠在城市里，追赶着城市精英的步伐，做着不夜城的主人，讲究着衣食住行，成为这年代最疯狂也最精彩的人。甄珍等来了男友的毕业，两人顺理成章地结婚，然后她做着自己喜爱的工作，用心去做，耐心等待着自己的努力开花结果，经营着那波澜不惊的家庭生活。

青春就如此，冷暖自知。精彩与否，落寞与否，不是比一比就能知道究竟，那是需要问一问自己，在青春的年华里，你学会了什么，得到了什么，获得了什么，又失去了什么？你在那段捉摸不定的年华里，过得称心如意、无愧于心吗？

平平淡淡也好，轰轰烈烈也罢，只要我们知道，在青春之后，依然不迷失、不迷茫、不彷徨，也许那就足够了。

无须介怀自己的青春是否充满故事，只要作为主角的你能把握好每一分一秒。

亲爱的,你可以不迷茫、不彷徨、不纠结

最近,总听到林子在感叹,不知道自己应该做什么,或者说应该怎样实现自己。

林子走出校园后,顺利到一家国企上班。但是,他不满那种悠闲的、一个萝卜一个坑的生活,不甘心自己的激情和斗志都在这种喝茶、聊天的日子消磨殆尽。所以,入职不过四个月的林子果断选择了辞职。

他认为自己毕业于一所知名高校,一定会找到一个能够实现自己价值的工作。可是,这只是美好的设想,辞职的他在一次次的失败面试后越发感到迷茫。

林子也曾在一些公司工作过,可是发现自己的热情根本不受公司的重视,很多人都告诉他,做好本职工作就可以了,梦想有多少价值?

林子发现,社会上才华横溢的人比比皆是,无论自己多努力,还是会在短时间内被埋没。社会中的思想、繁华或者是困难接踵而至,而自己一路奋斗一路前进却一路波折。

林子觉得非常受打击,他最后辞去了那份工作,之前设定好

的人生完全失去了方向。他开始抵触这些，可是，没有工作的他又觉得自己整日浑浑噩噩，完全没有生活动力。

到底什么是自己的未来，当初辞职追求梦想真的是错误的选择么？或者自己本来就这么失败？

很多人也给他提出了意见，可是，他觉得自己完全没有把握，也没有能力，更没有心思去坚持之前的信念。

林子问我："要怎么做才对？"

我问他："你有什么计划或者说是人生设想吗？"

他摇头说："完全不知道要做什么，之前的工作不想继续，换工作却没有目标，太迷茫了。"

多少人都像林子这样，在二十三四岁这个尴尬的年龄，开始迷茫，质疑自己是否选择了正确的道路。你开始彷徨，社会的残酷、生活的压力让你手忙脚乱，你永远都在束缚自己，捆绑自己，为了生活不得不放下心中的向往。

你开始纠结，是的，必须纠结，因为你看着身边的人一个比一个幸福，一个比一个生活美满，而你却在这充满挑战的生活中无法认同自己。

不得已，你学会成为一个"大人"，却在生活中迷路。

时间虽然不多，虽然不够你去挥霍，但是足够你去重新开始，重新定位自己。

何必去浪费时间迷茫呢？因为，纠结、彷徨对你的生活没有任何的益处。生活依然是按原来的轨迹进行，所有未能解决的问题依然在那里。

既然如此,亲爱的,就不要去彷徨、迷茫甚至纠结了。

若是人生没有方向,那么就不要急着去寻找方向,人总是在手忙脚乱的时候做出错误的决定。宁可人生暂时没有方向,也不要选错人生的方向。放下自己对生活的迷茫,一步一步,走好脚下的路吧。

我告诉他:"你迷茫,日子还是不变,不如做一些有意义的事情,哪怕去锻炼身体也算是一种收获。"

林子点点头回答:"的确是这样。"

我接着说:"若是不知道自己的价值,那么,也不必纠结。你还年轻,可以有无数个开始。一个人的价值需要验证才能得知。既然想要验证自己的价值,那么就去尝试一下自己不曾尝试的东西,也许,你会突然找到能够实现自己的地方。"

再见到林子已经是三个月后的事情,那个时候,他依然没有工作,却每天精神焕发。林子说,他回去后还是过了一段无所事事的生活。不过,自己偶尔想,与其打发时间还不如学点什么,于是他开始学习已经生疏了的英语。

当他发现自己每天进步一点点的时候,会生出一种成就感,也不会觉得生活枯燥无味了。

现在,拥有良好口语的他是业余口语爱好者的组长,并且还因此找到了一份不错的工作,每天都过得非常充实。

他说,其实根本不用迷茫,因为,可以尝试很多事情,有很多机会等着我们,只是自己没有发现而已。

我为林子高兴的同时,心中也有几分感慨。当社会的压力和复杂一下子出现时，本来设定好的人生一下子被打乱，看着身边的人忙忙碌碌地，自己却没有一个详细的计划，是继续上学深造，还是也准备参加工作？

亲爱的，你真的不必如此，因为，你还有最为骄傲的资本，青春。

当你在人生中迷路时，不要唉声叹气了，因为就算你迷茫、纠结，也无法解决现状。不如趁着自己还年轻，做一些真正实在的事情。怎么过都是生活一天，有选择权的你为什么不让自己过得更有意义呢？

要么给自己一个转折，要么，让自己每天成长一点点。今天的你比昨天进步一点点，这就是可喜可贺的事。

亲爱的，其实，你一直都在进步，哪怕你还不知道如何进行之后的事情，但是，至少你已经不再像最初那样，单纯而懵懂。

现在的你，只需认真生活即可，人生是平等的。因为，还年轻的你有无数的机会，有无数的可能去实现自己。

船到桥头自然直，你只需好好充实自己，好好去准备，那么，总有一天，你会等到人生的转折。

越长大，越得"担事儿"

似乎，一过 20 岁，很多人就开始有了危机感，他们统称自己为"奔三"的人。而且，不少人开始抱怨，他们不想长大，不想去面对社会或者人生。

朵朵因为心情不好到我这里散心，已经 24 岁的她仿佛只是一个孩子。惹她心情糟糕的事情很简单：主管交给她一叠资料，结果她不小心洒上了咖啡。

主管在责问这件事情的时候，朵朵支支吾吾，想承认错误却又不想接受批评。不过是不小心，朵朵认为这只是一件微不足道的事。对此，主管很生气，他认为朵朵毫无责任感。

难过的朵朵告诉我，她不喜欢长大。她不想像很多人那样，出门工作，有自己的存款，为将来打算。

她曾去参加姐妹的婚礼，在看到姐妹跟随新郎的婚车离去的时候，嚎啕大哭。朵朵说，她不想结婚，不想离开父母，不想从此开始两个人的生活。她也不想接受朋友们的离去，那个嫁到远方的姐妹，或许将少有见面机会吧。

朵朵还说，她不喜欢生离死别。就在忽然之间，她发现外婆已经满头白发,脸上纵横如沟壑的皱纹明白地告诉自己,她的生命即将走到尽头。

朵朵害怕,突然有一天,她就再也无法见到这个一直疼爱自己的慈祥老人。她拒绝接受这一切。

我告诉朵朵,许多时候,我们不得不去接受这一切。很多我们拒绝的事情都是我们必须要经历的。

越长大,我们将要面对的东西也越多。随着时光的流逝,世界在发生着改变,那些之前爱我们的人也逐渐老了。

朵朵摇摇头说:"我不想长大,不想去理会那些我必须负责的东西。"

我明白,现在的朵朵在恐惧今后。因为未知的事情和已知的责任,她退缩了。

为了不让她心情更为糟糕,我便打开电视,同她一起欣赏综艺节目。关于这个节目,我还是很欣赏的,一个非常励志的节目。

这期节目播出了一个普通的家庭,不过家庭成员却不普通。因为,这对父母有五个儿子,其中四个是一卵同生的四胞胎。要一同照顾四个幼小的孩子的确不容易,不但这对父母肩负重担,连四胞胎的哥哥,仅仅比他们大 12 岁的哥哥也不得不提早成熟,为家中分忧解难。

节目中,这位哥哥已经 24 岁了,言谈举止中看得出他是一个内敛的人。

主持人问他:"在成长过程中觉得委屈过么?"

哥哥点头说，委屈过，因为这四个弟弟，他将所有的课余时间都用来照顾家人，后来那些好朋友都疏远了自己。因为家中负担重，考上大学的他从来没有休息日，每天不是学习就是在做兼职。假期更是留在家中分担父母的工作。有时候，自己会在农活忙的时候累到浑身酸痛。从来没有参与校内活动的他除了学习便再也没有吸引人的地方。

主持人问他："委屈的时候你会怎么想？会怨恨自己的弟弟吗？"

哥哥摇了摇头说，自从突然有了四个弟弟，他听到最多的话便是，你已经长大了，你必须有更多的担当。

哥哥接着说，有时候看着四个幼小的弟弟慢慢长大而自己的父母慢慢变老，他突然觉得自己已经成为家中的支柱。他要做的事情已经从照顾弟弟变为照顾整个家庭，保证他们的生活。所以，虽然自己很累，但是并没有多少不满，因为这是自己长大后应有的承担，必须接受。

在场的观众都为这个懂事的青年鼓掌。

我对朵朵说："你看，随着年龄变大，我们也要肩负更多责任。节目中的哥哥就明白这一点，所以，他不曾抱怨生活的不公。"

朵朵不以为然地说："那个男孩的经历特殊，倘若他不努力，他的家庭或许会面临更大的困境。"

我没有继续同朵朵争论，因为总有一天，她会明白，自己会取代某些人的位置，担负起某些重担。

只是我知道，我们并非年少无知，我们并非一无是处，父母养育了我们这么多年，我们有什么理由一直躲在他们身后，拒绝这人生的风雨呢？

总有一天，我们会担当父母现在的角色，我们也要照顾年老的父母，我们也要养育孩子，我们将承担起一个家庭的重担。

这是我们人生的必然阶段，届时，没有人再会庇佑自己。因为，他们不是太老，就是太小了。你将是他们的依靠，你必须给他们安全感。

朵朵还不懂，她还需要历练，才能明白。

而后，朵朵因为工作调动的原因很久都没有同我联系。偶然的一次聚会，我遇到了很久不见的朵朵，她脸上竟多了一分坚毅。

一起聚会的朋友感叹说，他不想面对社会，想回归童年。

朵朵笑着说："这是逃避的心理，我们生活在这个世间，不单单为了自己，也为了别人。从前，弱小的我们懵懂无知，所以活得快乐。长大后的我们觉得辛苦，那是因为我们明白，我们有必须要坚持的事情，承担的责任。"

有句话说，越大就越得"担事儿"。

我惊讶于朵朵居然能够说出这样一番话，真是三日不见，当刮目相看。

对于我的惊讶，朵朵给了我一个答案。

她的外婆突然病重，家里乱成了一团。最伤痛的便是朵朵的妈妈,她几乎每天都在掉眼泪。朵朵也时常陪妈妈看望外婆,但也只是在医院掉眼泪而已。妈妈因为伤心精神很不好,医院的一切事情都是爸爸负责。

可是,爸爸因为工作原因要到外地出差。临走之前,爸爸对朵朵说,你是家里唯一的孩子,而且也长大了,现在,爸爸要去外地,你妈妈就交给你照顾了。

朵朵点点头,她明白,无论怎么抵触这些事情,它们还是发生了,自己无能为力。晚上,带着晚餐的朵朵到医院看外婆和妈妈。妈妈端着饭突然哭着说:"朵朵,你知道么,我担心你外婆会这么走了,那样,我就没有妈妈了。"

朵朵看着泣不成声的妈妈,心里一阵难过。妈妈也渐渐老了,总有一天会出现外婆这样的情况,那时候的自己会怎么办?

无论如何,也要用尽一切努力让妈妈留在身边。爸爸不在的这一段时间内,朵朵突然意识到自己已经长大,有责任去照顾家中的每一个人。有时候,即便一些事情自己从来不曾涉及,为了给妈妈一个安心,也要自信满满地说没有问题。

一个人做饭,一个人购物,一个人在医院交各项费用,一个人安慰妈妈,照顾外婆。

最后,外婆战胜了病魔,而她明白了随着年龄的增长,自己要承担更多的事情。

在时间轴上奔跑的我们需要明白,我们要接受生活对我们的试炼。

青春是人生最灿烂的一个时期，也是最为重要的时期，它将会决定我们的人生。认真面对自己生活，勇敢去承担责任，让自己强大，成为别人的庇护。

趁自己还年轻，趁一切不晚，认真对待每一份即将到来的沉重，让青春不虚度。

只要你愿意,没有到此为止的青春

好像在一夜之间,所有人都在缅怀青春。

就连那些正在享用青春盛宴的年轻男孩女孩,也迫不及待地纪念着青春。一部部的青春电影,一本本的青春书籍,说的都是那段人生中最美好的时光。

有一位师姐,毕业之后,工作了四年,寻到了机会,就去考试,准备出国材料,顺利考上了国外一所名校的 MBA。

师姐平时人缘不错,临别之前,有人为她举办了一个聚会。聚会上,来了不少人,有的人举杯庆贺,贺词是:到了国外,疯狂玩乐,跑尽大小派对。场上所有人起哄,大叫好。他们都知道师姐是"学习动物",不是"派对动物",偶尔的玩乐倒好,经常跑派对挥霍时间,倒不是师姐的所为。

确实也是,如果为了玩乐,师姐倒也不需要千里迢迢地跑到国外去,在国内同样也可以夜夜笙歌。

她希望自己能在最有希望、最有理想、最有冲劲的时光里,为自己的梦想不断向前。总有一些人会认为,青春就是应该疯狂,就应该关掉车头灯,在斜坡上冲下去,大喊着"呼呼啊",一路上迎着路人鄙夷的眼光，自以为这就是青春无敌。而对于师姐来说，青春不过是一段岁月，一段你能好好利用，就能成为自己希望成为的人的时光。

可笑的是，当有些人在感叹着自己慢慢老去的时候，那些处于青春盛宴的男男女女，却不断在怀念着自己的青春。就像自己的青春，早已经被蒙上黑布，宣告了死亡，而他们自己则忙着穿上黑色礼服，参加自己的青春丧礼一样。

他们说，自己被太多东西给压得喘不过气来，他们不是希望青春快点"入土为安"，而是心早已经不年轻，所以只好，早早怀念当初无忧无虑的时光，在祭典中，找到曾经的一丝片语，好让自己不至于活得太累。

师姐去到国外之外，用了三年的时间来读书学习、观察社会、体验不同的生活习俗。她在图书馆中边喝咖啡边啃书，也去结交来自海内外的朋友们。她用沉寂的时间去看很多很多的书，去接受外面各种形形色色的新鲜事物。

别人看到她 QQ 空间、微博、人人网状态上，是千篇一律的学习和写论文的时候，也会酸葡萄一般地说，去到了国外，还不知道好好享受玩乐一番，她的青春就是这样葬送在了一本本的书中吗？

青春无疑是最美好的，它短暂，又不可捉摸。令人遗憾的是，青春的主人，差不多都是一群并不怎么有智慧的男女。但是，正因为他们没有岁月赋予的智慧，他们热血、冲动、憧憬着一切美好事物，所以他们值得拥有更好，值得怀抱希望、走向梦想。

　　但是,青春易逝,一转眼一个十年,就是那逝去的美好年华。尽管岁月增长会带来其他的礼物,但是也许没有多少人愿意用青春去获得智慧、知足这些过于飘渺的东西。有些人看着镜子中满是皱纹的自己,总是心生不少慨叹。就在一转眼、一转身的时刻,自己怎么就已经抓不住青春了呢?

　　青春还没有走远,你就在缅怀青春,你的心是有多老了呢?

　　有没有想过,当你在感怀青春的时候,青春就真的一去不复返了呢?

　　而你却不知道,最好的自己,总在路上。

　　不同于那些感怀青春的人,师姐不认为青春就应该是喧闹、玩乐,她也不认为在青春未逝时,就该缅怀青春。师姐尽量在青春岁月绽放,她也用自己的方式去体验外面的世界,感受着青春,她的阅历也和她大脑存储的知识一样增长着。她不打扮、不谈情、不说爱、不玩乐、不狂欢,不说明她的青春就这样戛然而止。相反,她的青春在存贮着精力、养分、空气与水分,等到某一天,将会彻彻底底地破土而出。

　　在三年之后,师姐凭着自己的学识与观察事物的独到眼光,成了国内一家旅游杂志的常驻旅游专栏作家。她有机会去看外面更多的地方,只需要动一下笔杆子,她就可以获得吃喝住的赞助。在两年之间,她到过欧洲,去到南半球,也去过充满冒险经历的非洲部落。

　　曾经那些笑着说她的青春被葬送的人,现在不过在一个城市里,匆匆地追赶着其他人的步伐,回过头满目疲惫,满脸沧桑。

对于他们来说，青春的确已经凋零了。

但是，只要你愿意，青春是不会那么轻易就凋零的。

就像师姐，在美好的年华，给足自己成长的养分，直到某一天破土而出，亮瞎了世人的眼睛。青春不是说给你时间和精力去疯狂，而是给你时间和精力，去准备好自己，直到那一天，你能华丽丽地宣告自己的成长。

不过他人的"二手生活"

青春是无悔的,但是习惯了在作业本和试题上写标准答案的我们,总会在抬头仰望天空的时候,发出一句问话,青春的精彩是否也有一个标准?

可是,努力复刻别人的成功,比努力复刻自己的生活还要枯燥、乏味,惹人烦。

不过,生活就是这样,扭头一看,背后总有几十双眼睛、几十种声音,在告诉自己,现在的生活是有多么糟糕可怕,要不断地往上爬,往上蹭,才能赢过别人。只是,不管不顾地往上走的时候,总会觉得累。

有两个女孩,一个是张爱玲笔下的红玫瑰,一个是白玫瑰。红玫瑰与白玫瑰没有相似,但是她们是好友,从小在一起。

红玫瑰试过在三更半夜爬学校的围墙,也试过在马路中央拿着啤酒喝得一塌糊涂。她曾经被钻石王老五用一千九百九十朵玫瑰表白过,也尝试过在街边被人单膝下跪求婚。红玫瑰还试过在三个月内,跟着恋人游遍了欧洲,回来之后马上上演"再见亦是朋友"的戏码。红玫瑰无论去到哪里,都是注目的焦点,她去到哪里,哪里都是故事。红玫瑰的青春故事,足以写下一部比新华字典还要厚的自传。

而白玫瑰过的是平平凡凡的生活,像其他人一样读书升学毕业,从来没有让父母老师长辈们操过半点的心,同样也没有成为他们眼中的聚光点。白玫瑰身上最传奇的事情,也许就是交到了红玫瑰这样的朋友。在闲来无事的时候,帮红玫瑰扫扫狂蜂,驱赶一下浪蝶。剩下的,就是在面对漫长又无处可费的青春。

红玫瑰的精彩,兴许是大多数女孩子的希望,成为万众焦点,也不枉青春的岁月。但是多数的女孩,恐怕只能像白玫瑰一样,过着岁月静好的日子,默默计算着自己离青春尾巴还有多近多远。

在很多人看来,红玫瑰的青春故事,才是青春,才没辜负青春的馈赠。白玫瑰在青春之中,没有什么值得大书特书的地方,平淡如流水,一下子就过了十年。

十年之后,红玫瑰与白玫瑰不再年轻,起码红玫瑰没有了昔日的高调张扬。现在的红玫瑰,是一个孩子的妈妈。每天早上,她从床上爬起来,穿衣做早饭,再给自己的孩子穿衣。孩子与她就在默默无言之中,流畅地做好一系列的早晨"作业"。等孩子坐上了校车之后,红玫瑰匆匆地换上工衣,赶赴工作地点。她靠着微薄薪水维持着自己和孩子的生活。十年后,红玫瑰的故事简单又复杂,她成了一位单身妈妈。

人生漫长,没有谁是能一眼看透未来的。青春火花再光艳又如何,保不准十年后,最美丽的反而最落寞,而野百合也能等到春天,丑小鸭终会变成白天鹅。

十年后,白玫瑰却历练成为一朵璀璨的明日之花。她过上了想要的生活,不需要顾虑太多别人的想法,只需讨好自己就行。十年岁月,即使在她脸上划出了细纹,但是给她增加了丰厚的阅历与淡定优雅从容的气质。现在,美得最无处可藏的人,不是红玫瑰,而是白玫瑰。

十七岁的雨季,十八岁的甜涩,十九岁的期许。

在还没有到十七岁的时候,多少人会希望自己的十七岁像红玫瑰一样轰轰烈烈? 大概每个女孩心中,不仅住着一个骑着白马的王子,还有一个能和王子翩翩起舞的公主吧。只是,真正到了十七岁的门口,抬头望着黑漆漆的黑板,低头看到满一桌的书本,大概会发出"为什么我的青春如此荒凉"的感叹。

轰轰烈烈,不是每个人的生命中都有的。不肯面对现实的,是你自己。但是,十几岁的年华,真的是你一生中最美丽、最美好、最多姿多彩的岁月吗? 于是,你就开始迫不及待地复制别人的故事,好让自己的时光看起来像装裱过的画吗?

白玫瑰在青春年少时候,兴许没有红玫瑰精彩,但是她知道怎样待自己才是真的好。她没有急着复刻红玫瑰的生活,没有照本宣科地勾勒自己的年月。假如她真的如此,也就没有了现在的白玫瑰。

在自己的青春里，你可以羡慕红玫瑰的多姿多彩，但是千万不要鄙弃白玫瑰的单调乏味。如果你自己就是白玫瑰，就不要想着拿着劣质的颜料，把自己染成红玫瑰的样子。你要过得像白玫瑰一般清高自在，直到十年后，你过上了无拘无束的生活，再来好好欣赏自己的美丽。

不是不想长大，只是我的青春太棒

"我不想长大！"

这是多少人的心声呢？

你不想长大，但是岁月任不得你蹉跎。弹指之间，容颜就这样布上了花纹，黑发也慢慢褪色。

回想起那个住在忘忧谷长不大的小飞侠，有多少人希望自己能成为小飞侠手下的一名猛将呢？

小云热爱着小飞侠的故事，她在还是个孩子的时候，就对生日蛋糕许愿，希望自己永远不要长大，期望着每一天都停留在自己生日的那一天。不过，任你有着十八般武艺，也敌不过岁月的魔力。

也许，没有长大之前，总会渴望自己快点长高长大，好早点享受大人的权利。但是，真的一夜之间长大之后，就会发现，成为大人并不是一件有趣的事。也许，长大之后，才能真正读懂《小飞侠》里面大人的苦涩。

度过青春年少时期之后，她终于明白霍格沃茨魔法学校的录取通知书，是永远不会让一只猫头鹰邮寄到自己手上的。她把床头那些藏有另外一个世界的小说，统统放到了床底，蒙上一层白布，就像宣告自己童年已经过去一样。但是，她独独剩下《小飞侠》，她想，即使她不能在忘忧谷到此一游，也能在掀开书本的那一刻，回味曾经的梦想。又或者，当她遇到外面世界的险恶时，能闭上眼睛告诉自己，在一个遥远的地方，有一个叫忘忧谷的神奇地方，在那里，长不大的孩子幸福快乐地生活着。

幸运的是，尽管不如童年般的无忧无虑，小云的青春时光也很精彩。

她敢想敢做，成了同龄人中独特的一个。就算在外表看来，她还是那个文文静静的女孩，但是，她敢尝试做出不同的事情来。

她在大学毕业之后，一声不响地就申请了国际非政府组织的义工旅行计划。她不顾家人的劝阻，不管朋友的揶揄，她告诉自己，想要实现梦想就要行动起来。她义无反顾地拿起行李包，在机场上挥一挥手，踏上了自己的新旅程。

有人问："去到了地球的另外一边，体验完了不同生活之后，你有什么打算？"

小云想也没想就说："不知道，这么遥远的事情，我从来就不想。"

不想不顾，不就是青春赋予的权利吗？反正你我年轻，有的是时间资本。输过一次，可以再拿青春当做筹码，放到俄罗斯转盘上，放手一搏。至于之后的结果，只有上帝才知道。

小云就是如此无所谓，反正年轻就是要体验，就算前方是十八罗汉铜人阵,只要青春在燃烧,就可以力挽狂澜,活出自我。
而这,比拿着单反相机,计算着光线,调着焦距,找到影像中最美
丽的自己要真实得多。

　　起码,你不是在告诉别人,你自己曾经来过;而是在告诉自
己,曾经存在过。

　　每个人都希望自己是小飞仙,穿一身罗宾汉的绿色衣服,成
为忘忧谷的绿林好汉。在一个晴朗的夜晚,漏下自己的影子,邂
逅一个可爱的小精灵,然后给孩子们撒下金粉,领着他们进入忘
忧谷。如此这般的美好,甚至不用担心皱纹爬上脸;不用担心时
光蚕食自己;甚至也不用担心未来的自己将会变成一个怎样的
人。成为小飞侠,就可以躲在树洞睡觉,勇敢地与单手的虎克船
长决斗。

　　醒一醒,亲爱的,就像这个世界没有小飞侠一样,青春是永
远不能逆生长的。

　　但是,你可以让自己的心不再衰老。

　　小云声称自己不想长大,幸好,她知道只是坐在一边,双手合
十,祈祷着上天不要带走她的时光,让自己的青春不要结束。

　　当然,只要你想,你就可以不用告别自己的青春,因为你的
心还在。

　　小云人在他乡,过着一种充实的生活。她从没有尝试在农
场里,顶着毒辣的太阳,先给全身涂满防晒霜,然后爬上梯子,靠
在树上,采摘果实。每一天,她接受着阳光的洗礼,感受着从山
谷吹来的清风,双手碰触着大自然的馈赠。想起床头那本《小飞

侠》，她觉得自己还没有长大，青春还在自己手中，自由又洒脱。

小云也找到了自己的忘忧谷。

在午休的时候，她会拿着三明治，爬上农场里最高最粗的那棵树。在盘缠着的树枝中，找到一个舒适的位置，坐下来，遥望着远方的美景，吃着三明治，感受着迎面的清风。有时候，小云会在上面打一下瞌睡。在恍然中，她似乎听到了小飞侠爽朗的笑声，还有星儿查探的眼神。她想伸手抓住星儿，在自己的身上撒点金粉，往往就在那个时刻，她的梦就会醒来。睁开眼，小云就知道，不需要期待着小飞侠带她去忘忧谷，只要她的心给她筑出了忘忧谷。

青春，也就在那一刻，成了永恒。

很多事情，不是不可以，只是你低估了可能性，就不知道事物背后的巧合。小云没有匆匆地与其他同龄人一起，为自己的未来奔波，也没有着急给自己找一份所谓的稳定工作。她长不大的心告诉她，青春故事还有很多，精彩就在前方，不需要早早地套牢自己。让自己去飞、去想、去梦，像小飞侠一样，找到忘忧谷。

未来怎样？

小云摇摇头，依然不知道，但是当她靠在树枝上睡觉的时候。她就知道，青春不需要迷惘，青春只需要不去告别就足够了。

体验青春的前提是切肤之痛

剪不断,理还乱,是青春的离愁别绪。

剪不断理还乱的青春离愁,到底该在哪里归宿?

而青春的开始,让你来不及设防,在幡然醒悟之后,也许你抓住的不过是它的尾巴。

归宿?青春没有归宿,只有向前,就像没有终点站的列车一样,沿着轨道不断行驶着,直到老去。

阿夏推开了傍晚的窗户。窗外,秋意正浓,凉意冲了进来,树梢上载满了金色。

阿夏嗅了嗅秋天的味道,望着在慢慢光秃的树枝,默默地告别了离去的夏天。又是一年秋天时。阿夏以为以后的几天都将是好天气,抬头一看,远处有一片低压的云,就像天空被拉上了一块阴霾。她估计着,雨不会在今晚下,倒是担心明天新生们的郊游集会,会不会受到影响。

现在的阿夏虽然不再是一名学生,但从来没有离开过大学校园。她在毕业之后,就成为学校的辅导员,主要辅导新生。她做辅导员已经有三年了,每次见到那些充满朝气的脸孔,她就会想到自己刚踏进这所学校时的情景。

那时候的她，充满着蓬勃活力，也带着满腔思乡之情，想着离开家到这所没有名气的学校，她就会咬着牙祈祷上天再给她一次高考机会。

可是，哪曾想到，在四年之后，她不仅选择留在那里，还对这个地方产生了深深的感情。她觉得，她的青春到了这里，才算真正开始了。

然而，她体会到的首先是痛，在痛过之后，她才明白，痛才是体验青春的前提。

而那已经是很久之前的事了。

第二天，阿夏早早地起来，她没有看到往常的朝阳，而是一片的阴暗，心里想着"不好"。果然，不久，雨就倾盆而下了。阿夏马上跑到窗边，关上昨天打开的窗户。她似乎还能闻到昨天的秋意，就在伸手的时候，那个味道消失了，转而变成了浓浓的雨水味道。

关上窗之后，阿夏失落起来。

雨真的下了，今天的郊游活动就要泡汤了。这次郊游，是阿夏见学生们在迎新晚会之后，还不是很熟络，特意举办的。她希望，同学之间能在这次郊游之后熟络起来，就像她大一时候的聚会。

那一次，她记得很清。无论是在宿舍还是班级，阿夏并没有像其他同学那样，很快就熟悉起周围的环境，而是沉浸在自己的高考失败中。阿夏似乎把自己关在了一个世界里，拒绝跟现实的世界产生联系。

但是,就在那一次的郊游,阿夏认识了班上的朱文。热情阳光的朱文见不合群的阿夏独自在一边,便主动找她聊天,逗她笑。在接触中,阿夏也渐渐开朗了起来,在朱文的介绍下,跟其他同学有说有笑。也就是从那一次开始,阿夏才真正融进了自己的大学生活之中。

她想,现在她的学生也需要这样的郊游,或许她也需要。但是,一场雨把一切给弄乱了。雨水拍打着窗外的玻璃,像乐章,也像是啜泣。在阿夏听来,更像是一个小女孩在拍打着玻璃,嚷着放她进去,放她进去。阿夏没有再望向窗外。

她打了几个电话,接着给自己倒了一杯咖啡,像在电话中安慰别人一样安慰自己,或许雨很快能停,不然下一个周末再举行也不错。但是,她知道新生的活动很多,错过了这一次,也许下次他们就被别的活动给占了时间。

她捧着咖啡,望着远处那些变得暗黄的青山。在雨中,青山变得非常朦胧,就像青春,有些迷茫,有些暗淡,带着寒凉的痛意。阿夏拉了一下衣领,把自己裹紧在衣服里面,她想起了自己的青春之痛。

在认识了朱文之后,阿夏无可避免地对他产生了好感。朱文明白阿夏对自己的感情,他没有明说,也没有疏远,就在疏远与亲密之间摇摆着。阿夏不知道朱文的用意,就与他一起玩起了这场角逐赛。只是,阿夏永远处于下风。

阿夏不懂,她以为自己只要等着朱文,朱文会在某一天对她如获至宝般珍惜。可是，没有。最后，朱文与别的女孩在一起了。阿夏问他，如果他的心里一直没有她，那为什么对她暧昧不清。朱文说，我们不过是好朋友，我也当你是好友而已。阿夏不知道自己一直是感情中的备胎。

那天晚上阿夏大哭了一场，她甚至想到了退学，觉得受到了羞辱的自己没有办法与朱文在同一班级了。她逃课了整整一个月，整天蒙在宿舍的床上，就像那年她高考失败时那样。

后来，她见到了朱文的女友，竟然一下子释怀了。

朱文挽着的女孩，不如她。阿夏是这样想着，那个女孩不如自己，因为她可以变得更加美丽、更加聪明、更加充满活力。但是，在过去的时光中，阿夏没有努力令自己变得更加美好，而是让自己生活在颓废中。她希望能体验青春，但不是以这种方式。她需要振作，在振作之后，发掘出自己更加迷人的一面，让自己的青春不留空白。

阿夏也就是在体验了痛之后，领悟了青春对于自己的意义。对于一些人，青春是一篇篇的故事，而对于另外一些人来说，青春是一个机会，是能让自己成为更好自己的一个契机。而阿夏的青春就是后者。

现在的阿夏，在慢慢构建自己脚下的路。她比以前更加自信和有主见，她可以一边成熟圆润地与人打交道，一边保持着自己的内心世界。

阿夏望着窗外慢慢停下来的雨，再看看镜子中的自己，她会心地笑了。如果回到过去，过去的阿夏一定会对现在的阿夏赞许不已吧。

雨竟然停下来了。远处的青山又变得清晰起来,那一层朦胧的雾已经散去。雨后,天气更加凉爽了,又是一番秋意。窗下的人们收起了雨伞,有些人还充满童趣地踩在了水洼上。阿夏看着笑了起来,想到那都是一群无忧无虑的年轻男女。突然,阿夏皱起了眉头,她对自己说,自己不也是其中的一员吗?不也是其中的年轻男女吗?

阿夏马上穿上自己的雨鞋,拿起一把伞,跑到了楼下,加入了踩水洼的人群。她听到背后有人在叫她,扭头一看,原来是自己班上的学生。学生面面相觑,他们本想过来询问辅导员,雨停了,集会还要不要继续,没有想到见到辅导员像一个小孩一样踩起水洼。不过,有些人没有多想,走到了阿夏旁边,跟她一起踩水洼。其他人见此,也陆续加入了进来。

从远处看到的是,一帮孩子在高兴地踩着水洼。

雨已经停歇,风也不再刮。

相信我，
世界上真的会有另一个你

相逢非偶然

我的语无伦次，你都懂

如果我开始讨厌你，可能是开始讨厌我自己

互相伤害时得到的了解，比相亲相爱时要多得多

偶尔相左，是化身为推动这艘帆船的风

闺蜜，维尼熊陶罐里的蜜糖

红颜蓝颜，不说爱，只"友"情

相逢非偶然

　　桃子最近有假期,闲来无事便过来探望我。她在另外一个城市工作,想要见一面也不容易,于是,我约了几个同桃子以及我关系不错的朋友,到一家很有格调的饮吧坐坐。

　　同朋友在闲暇的午后,谈谈人生,聊聊理想,人生自然就多一分美好。

　　饮吧偏古风,木质的桌子上还摆着小便签,供人随意写几句话。谈天期间,桃子放下杯子,看了几眼便签,突然就笑了起来。

　　看到桃子这个反应,其他的朋友便问她:"看到什么有意思的东西了?"

　　桃子拿便签给我们看,上面有一句话,有缘千里来相见,无缘对面不相逢。短短两句,里面有好几个错别字。其他的人看到后也笑了起来。

　　桃子放下便签,说:"虽然错别字多了些,但是道理还是正确的。人与人的相逢,真的很难解释清楚,很多人都将它归结为缘分。"

　　真的,人生处处都是相逢。一些人,我们这一生也可能无法遇到；然而，我们却可以同另外一些人，在突然的某个时刻相遇，演绎我们无法预计的人生。

的确，朋友从相遇到相知相识，与自己总会有相似的地方，如果不是性格相似，那就是工作性质与自己相同。再回想最初的相逢，似乎也可以找到很多理由。

相逢需要缘分，而缘分是一切未知以及巧合组成的。

人与人的相逢，不就是一次偶然，一次巧合么？

桃子说，自己最初也是这样认为的，其实不然。相逢并非那样简单，其实是很久之前埋下的伏笔。

而后，桃子向我们讲述了她在另外一个城市的故事，一次不是偶然的相逢。

桃子属于早婚一族，几乎是一毕业就结了婚，是所有朋友中最先成为妻子的人。但是，生活并非如预想中那样幸福。年轻的桃子与丈夫因为生活中琐碎的事情经常争吵。后来，桃子所在的公司因为业绩不断下滑而倒闭，桃子只好暂时失业在家，生活的压力让两个人的关系更加僵化。

每天，桃子都在争吵与愤怒之中度过。曾经的梦想全部抛在了脑后。

后来，桃子遭遇了电视剧中恶俗的情节，丈夫出轨。坚强的桃子果断选择结束这段婚姻。

为了开始新的生活，桃子去了另外一个城市。天下之大，在哪里都可以安然生活，并非是谁离开谁就无法生存，有的事情并非想象中那样复杂。恢复自由的桃子，几乎一无所有，直到她遇到臣悦。在陌生的城市无依无靠的桃子，因为这个朋友，摆脱了生活的困境。

如果没有这个朋友，她的生活仍会像一潭死水。谁说女人在一起只有争斗，有时候，女人更需要另外一个女人的安慰。

桃子常感叹，任何事情并非我们看到的那么单纯。在时间无涯的荒野中，我们在一个地方相逢，而后相知。生命，因为彼此而显得丰富多彩。

然而，每一次相逢都并非偶然，都是一份奇妙的缘分，有着很多我们自己都无法相信的原因。

或许，是因为喜欢同一首歌，所以会在同一个街角为同一段旋律驻足，而后相遇。

或许，是因为喜欢同一本书，所以才会在无意之间在人海中攀谈。

或许，是因为喜欢同一种格调，所以，才会去同一个地方，然后在那里相遇。

因此，人与人之间并非偶然才会相遇。你可以相信那个浪漫的说法，前生五百次回眸，换了今世一次擦肩而过。但是，你一定要清楚，你与任何人的相逢，都有着特殊而微小的原因。

而桃子满怀感恩。感谢这些巧合与缘分，让她认识了臣悦。她还记得，臣悦是怎样无微不至地帮助自己。最初的工作比较累，生活作息比较混乱，臣悦便为桃子找了一份文秘的工作，不但薪资合适，而且符合桃子的专业。

桃子因为最初生活压力大，精神一放松后，便病倒了。臣悦会在百忙之中抽时间照顾桃子。

桃子和她，会在闲暇的时候一起逛街或一起谈论生活，感叹人生的酸甜苦辣。离婚后第一个生日，是臣悦帮桃子张罗的。公司的同事喧闹过后，臣悦对桃子说，生日快乐，恭喜你又向人生迈进一步。

桃子那颗本来漂泊的心，突然觉得安定下来。其实，所有的困难，因为有朋友帮助，显得不如自己想象中那样艰难。

偶然一天，两个人在谈天的时候，突然说起了她们的相逢。

本来陌生的人相逢，而后成了朋友，两个人都在回想当时的场景。

桃子是在下雨天的时候到书店避雨，在喜欢的图书区遇到臣悦的。两个人很巧看了同一本书。

可是，若桃子不去那个城市，没有在那个雨天出门，她们可能就会错过。

然而，即便遇上了，若不是两个人都喜欢那本书，也会错过。

如果真要追寻为什么能够相逢，或许，这里面有很多很多的缘由吧。

因为天气糟糕，因为在同一天出门，因为喜欢同一种东西，因为性格很相似所以看到同一种东西会表露同一种情绪，因为会彼此欣赏等等，这些理由最终聚成人们所说的缘分。

朋友，很多时候就像另外一个自己，在世界某个角落，同自己经历相似或者喜欢相同的东西。

既然如此，那么，两个人总会在应该相遇的时候遇到，然后彼此充实对方的人生。

桃子笑着说，所以，我现在认为，同任何人的相逢，都是早就决定好了的，只要时间对了，就会发生，它并非偶然事件。

荣格是一位著名的心理学家，他曾经说过一个"共时"的理论，即现在发生的事情并非是简单的一件事。现实真的如此。我们曾经忽视的一切，在哪里的相逢，在哪里的错过，很容易就为今后埋下一处未知。而后，我们猛然回首，才在一瞬间恍然大悟，每一次相逢，原来就基于很久很久之前的一次无心之举。当然，这也可以说是一种注定。可是，人生在世，我们虽然无法选择自己的出身，但我们能够决定谁是自己的朋友。这种决定并非出自他人，而是自己。你是因为自己的无意之举或者自己的兴趣爱好，才让你与朋友有相逢的可能。

山水相逢是一种心境，与朋友相逢是一种幸福。珍惜身边那个与你相逢的人吧，他们是你很久之前，就决定下的朋友。

我的语无伦次，你都懂

和朋友一起到 KTV 唱歌，喜欢老歌的我翻出了《一个像夏天一个像秋天》。我一直很喜欢这首歌，觉得它将两个人的友谊诠释得非常好。于是，我看着歌词笑了起来。

朋友看我这个样子，便问我怎么了。

我摇摇头说，没事，只是在想有关友谊的故事。另外一个朋友看到我点的歌曲，便拿起话筒开始轻轻唱。

如果不是你 我不会相信

朋友比情人还死心塌地

就算我忙恋爱

把你冷冻结冰

你也不会恨我

只是骂我几句

如果不是你 我不会确定

朋友比情人更懂得倾听

我的弦外之音

我的有口无心

音乐的旋律和歌词让我们都会心一笑。唱完歌曲后，看看时间也差不多了，于是几个人决定到安静的地方坐坐。我们找了一个小的咖啡厅，几个人坐在一起，端着咖啡，在苦涩却香醇的味道中，低声细语。

那个唱歌的朋友突然说："《一个像夏天一个像秋天》比较流行的时候，不过是懂它的旋律，根本不懂歌词中的内涵。现在，经过岁月的洗礼和人生的积淀，偶尔回想一下，似乎，真正留在自己身边的朋友，真如歌词中那样，不论男女，这些人永远在倾听，理解自己那缺乏逻辑的话语中所表达的意思。"

当因为生活的困境、情感的纠葛、人生的道路而迷茫，而低落，而无理取闹时，能够懂自己的只有那没心没肺的朋友。

多少次，语无伦次地吐露自己的委屈，批判对方的过错，哪怕朋友听起来云里雾里如进迷宫，他们还是懂。一个神情、一个动作、一个眼神，再多的话，也不过是话外之音，而自己所思所想，早已经被朋友读懂。

华华说，看似精明的人，在受到委屈时，也要寻找朋友的怀抱；再是语无伦次，她也要倾诉到底。

华华刚到社会上工作的时候，什么都不懂，只一股初生牛犊不怕虎的冲劲。她虽然有基本理论，但是缺乏实战经验，不过，凭借过硬的基础知识，很快，她开始崭露头角。然而，不懂人情世故的她不懂得做人要收敛锋芒，不然很容易遭人妒忌的道理。

工作了几个月后，她明显觉察到一些老员工对自己说话总是冷冰冰的，有什么繁重的任务也给自己。一些新员工也不喜欢她,做什么事或者说什么话题也会躲开她。偌大的公司,仿佛她是孤零零的一个人。

她在学校一直是安逸的,无法承受这种局面。可是,她又不想同家里说,让家人担心。一直压抑的她最后实在有些崩溃,正好,她的一个好朋友就在相邻的城市。于是,她坐上周末晚上的火车,找到自己的姐妹,大哭了一场。

她的姐妹抱着她说:"这是怎么了?"

她断断续续地诉说自己的事情,说起那些老员工欺负她,说自己找工作多么辛苦,还说起家人根本不理解自己,还谈到了梦想,觉得自己这么辛苦,梦想却遥遥无期。

她说到最后,都不知道自己在说什么了,擦着眼泪说:"你看,我的委屈甚至让我逻辑混乱。"她的姐妹抱着她说:"没有关系,我懂你啊,你只是累了,不明白自己努力工作为什么换来这个结果。"

她听完朋友的话又开始流眼泪,真的是这样,她就是有这么多不懂,有这么多问题,却没有人能够给自己答案。

姐妹带她大餐一顿,然后告诉她:"既然这么辛苦还在坚持,说明你很喜欢这份工作,既然之前锋芒毕露,那么就学会隐忍,一切都会好起来的。"

她听完姐妹的话,突然心就安定了,觉得自己有这么一个懂得自己的朋友,是一种幸福。

是的,当你向朋友抱怨工作,一会说上司过于严厉,一会说工作很无聊,一会可能说公司同事关系不好或者其他情况。自己听起来，也会觉得像是在"胡言乱语"，更何况听的人。但是总有人能够听懂你，读懂你，明白你表达的意思。

他们会知道，你并非讨厌这份工作，你只是在抱怨自己不能适应环境。

他们知道，千言万语，不过是一句——其实，你只是累了，想诉说一下而已，想让人理解自己而已。

因此，你的朋友多半会认真地倾听，会说："一切都会过去的，没有什么大不了的。"

梅子在说她的经历的时候，一旁的阿涛笑着说："我也有这样的感触。"

生活和工作时常会让人觉得压抑。有时候，他难免会情绪不好，然后思绪混乱，无论做什么、说什么都会显得颠三倒四。这个时候，约几个哥们，出来小喝一杯，然后念叨一下自己最近的经历。

这个时候，朋友往往会拍拍他的肩膀，然后说："我明白啊，谁都不容易，为什么都不理解自己有这么大压力呢？"

其实，等心情平静了，才发现自己说得乱七八糟。这时候，就不免感激那个能够理解自己的朋友。

一个人若是没有知心的朋友，该是怎样可悲的一件事情。

其实，朋友之间，话说得漂不漂亮，真的不重要。朋友可以懂你的意思，知道你要表达什么。

你的好朋友，无论你说什么，他们都在你身边，不离不弃。因为，他们懂你，明白你哪些话是有口无心，哪些话中其实另有玄机。他们熟悉你在情绪失控时的口无遮拦，了解你在某些尴尬时刻的无意隐瞒。

朋友，是了解我们真实一面的人，他们会设身处地，会换位思考。他们明白，自己也会遇到相同的情况。

语无伦次又怎么样，朋友永远能够抓住关键的信息，明白那个或惊慌或生气或悲伤的你，真正想表达的意思。

因此，感谢你的朋友吧，感谢他们，如此了解我们，并且照顾、宽容我们。

如果我开始讨厌你，
可能是开始讨厌我自己

这段时间，萨莎忽然发现自己同薇薇的关系日渐僵化。

对此，她解释道，自己同薇薇只是有一点小摩擦罢了。我不知道该如何去安慰心情不好的萨莎，但是我知道薇薇和萨莎的关系。

薇薇和萨莎是好朋友，很早之间就非常熟悉，有时候她能够猜出萨莎的想法，而萨莎也能够轻易地知道她的决定。

但是，最近她们发生了很多的不愉快。薇薇在工作上曾对萨莎有过很多的帮助。萨莎也曾非常庆幸有这样的朋友。可是，这些日子，萨莎却对薇薇很多做法和行为感到不满。

不止一次，萨莎对她提出自己的看法。薇薇最初没有说什么，但时间久了，她也开始有了情绪。

后来，薇薇生气地问萨莎，之前不都是这样的吗？你现在为什么这么奇怪？

萨莎试图解释，但是不知道该怎么说。的确，这些事情之前都是这样处理的，她也曾这样做过。但是，现在萨莎无法认同薇薇的做法。

渐渐地，萨莎不喜欢薇薇总是按点上班、总是在同一家面馆用餐，甚至开始讨厌薇薇的服装风格。

总之，萨莎越来越不喜欢薇薇，同她发生争执的时候，还会暗自问自己，当初怎么会同她关系如此亲密。

最后，萨莎和薇薇的关系已经非常僵化了，她更喜欢同别的朋友去聚会，有什么事情也喜欢同别人说。

仿佛，那种亲密无间的日子已经一去不复返了。

其实，萨莎和薇薇不过各自经历了一段难熬的日子，她们又在对方身上，看到了自己的影子。她们讨厌的，不过是自己。毕竟，朋友在某一方面就是另外一个自己的真实写照。人都是自私的，容易看到别人的缺点与过错，却容易忽视自身的。当一个人想要改变自身时，最先开始讨厌的便是自己的朋友。

因为，你能够从朋友的身上看到自己的影子。朋友所做的一切也是自己曾做过的。

你对自身的厌恶便会转嫁到朋友的身上。

这天，我同萨莎以及阿武在一起聊天。我见萨莎这样心不在焉，于是问是不是发生了什么事情。萨莎叹了口气，将自己同薇薇关系僵化的事情一五一十地讲给我们听。

最后，萨莎说，她其实很珍惜自己同薇薇的这份友情，但是现在似乎已经无法继续做朋友了。

阿武听完萨莎的事情后，也叹了口气。他说，自己也遇到过这样的事情。可见，不同人也有相似的人生经历。

阿武同萨莎的经历很相似。他在工作的地方曾有一个志趣相投的伙伴阿伦。两个人除了白天一起上班，闲暇的时候还会相约去打球或者旅游。无论一个人说什么，另外一个人能够立即接过话题。

他们仿佛是很多年前就认识的好朋友。

阿武虽然能力不及阿伦，但是他性格稳重，做事细心，在业绩方面竟然更胜阿伦。上司对阿武非常器重，经常会给他安排一些非常重要的工作。渐渐地，阿武觉得工作非常吃力。而阿伦还如往常一样，上班的时候找他聊天，休息的时候约他出去游玩。阿武有时候会因完不成上司的任务而遭受批评，同阿伦的关系也开始僵化，他开始不喜欢朋友这样无所事事的样子。

后来，两个人也渐渐疏远了，最后，阿伦调离了部门。此后，他们再也没有联系。

阿武说，他非常惋惜，曾经，他们是非常要好的朋友；现在，见面也仅仅是打个招呼，完全没有当时的感觉了。

相遇再相知，这是多么奇妙的缘分啊。磕磕碰碰，也是在所难免，若是因你的成长而讨厌自己的朋友，将是多大的一种损失？

萨莎和阿武问我，是否也出现过这样的问题。

我点点头回答，是啊，我也讨厌过自己的朋友呢。

两个人立即问道，那你们最后还是好朋友吗？

我依旧点点头。

萨莎和阿武不明白了，为什么我可以有不同的结局呢？其实，其中的道理很简单。你必须发现这其中的真正问题，只有这样，你才能避免不期望的结局。

我说，每个人都有这样或者那样的问题，我们并非是独自生活在这个世界上，有些时候，你会惊奇地发现，有的人同你十分相像。

这些人同你追求相似的梦想，而且百折不挠。

这些人同你有一样的性格、一样的喜好，甚至还有一样的缺点。

这些人就是我们所谓的朋友。很多时候，我们同朋友发生争执、讨厌朋友的时候，其实要先想想问题出在哪里。很有可能，你讨厌的不是你的朋友，而是原来的自己。

我告诉萨莎，正视自己同薇薇的关系，你开始讨厌的衣服款式、工作方式，是否就是之前自己钟情的呢？

萨莎低头思考了一会，然后点点头。

我安慰萨莎，去同薇薇和好吧，告诉她，其实，你在讨厌那个自己，所以才牵连了她。这样，你才能够保住这份友谊。

阿武在一旁点点头说，是啊，如果，当初我能够明白这一点，或许，我同阿伦就不会走到今天这步。

几天后，我接到了萨莎的电话，她告诉我，她同薇薇和好如初了。薇薇并没有责怪她，而且没有将那些日子里自己的"无理取闹"放在心上。

幸好，萨莎能够明白其中的道理，同自己的朋友和解，告诉她，当我开始讨厌你时，其实，我是在讨厌我自己。

朋友就像是一面模糊的镜子，他们身上具有的东西恰恰也是我们所具有的。

所以，若是某一天，你发现，你开始讨厌那个要好的朋友，请一定要保持冷静。尽量避免同朋友争吵，因为，这不代表你们的友谊走到了尽头。

我们要珍惜自己的知心朋友。当你同朋友关系僵化时，当你开始厌恶你的朋友时，请安静地坐下来，告诉你的朋友，你可能在讨厌自己，从而连累了同自己很相像的朋友。

当你这样做后，就不会失去你的友谊。

互相伤害时得到的了解，
比相亲相爱时要多得多

这天，天气很好，我同几个朋友小聚。

无意之间，大家聊起了友情。有人说，相亲相爱之时，彼此才能够敞开心扉、互相了解。然而，在一边的崔灏却说，其实，朋友之间相互伤害的时候，也是了解彼此的机会。

大家一片哗然。

我问崔灏，为什么会有这样的感触呢？

他笑了笑，然后向我们讲述了一个他亲身经历的事情。

崔灏刚刚毕业时，凭借自己的创意天赋，成立了一家广告公司。当时，大学时期深交的好友阿存，与他一起创业。阿存在计算机方面非常有天赋，可以说是一个计算机天才。

崔灏的家境很好，父亲是国内一家知名公司的董事长。但是，崔灏不想依靠父亲的名气去打拼自己的事业。

因此，他才不顾一切地出来同阿存一起创业。此外，他们还招聘了一名同届的毕业生。

奋斗事业的同时，他也不忘追求爱情。但是人的精力是有限的，他无法面面俱到，在工作方面比较依赖阿存。

招聘回来的毕业生总是向崔灏抱怨阿存的不对。他也知道，阿存有过人的才华，难免会自傲，难免对生意不屑一顾。很多时候，他都将这些小报告当做了耳旁风。

可是，他没有想到阿存会私吞公款。虽然也就五千块，不过足以让崔灏心灰意冷。于是他立即当面询问阿存。

阿存见到崔灏一副兴师问罪的样子，生气地一拍桌子说，崔灏，你真的够了！我用这笔钱是为了公司。

崔灏质问阿存，你为什么不提前说明？你一直都不按章程做事！什么事情都喜欢拖到最后，有多少次，客户在那边催急了，你接的任务还没有开工；有时又突然想起什么，就立即去做，根本不顾公司是一个整体。

崔灏拍着桌子说，你知道，我为你这习惯，收拾了多少次麻烦吗？

阿存摆摆手说，今天正好将话说清楚，我早就忍不了你了。

明明是一起创业，你却一门心思谈自己的恋爱，公司的电脑需要检修，我告诉你多少遍了，你呢，完全忘记了。

上一次的项目，我告诉你一定要和客户签售后协议，你呢，只顾自己谈恋爱。

还有，最近一笔生意因为我们的原因搞砸了，我说要向人家道歉，你却直接摔门走人。你就不能收收你的大少爷脾气么？

我在公司里为公司的事情发愁的时候，你在哪里？你多半在哄女朋友。崔灏，我也有女朋友，也有自己的生活。但是，我只想让咱们的公司能够步入正轨！

这五千块，是我想将咱们公司的电脑和系统都换一遍！现在，我拿回来了。崔灏，咱们这朋友，做不成了！

说完，阿存就走了。

崔灏第一次知道阿存不说并不代表他不介意。

崔灏后悔了，他后悔自己之前说出那番话，后悔自己以前没有多去了解阿存。正是这次的争吵，他明白了在互相伤害中，人们更容易看到朋友的眼泪，看到朋友会因为什么事情气愤或者伤心。在互相伤害中，还会不顾之前的情谊，将所有的不愉快，将自己的感受全盘说出。

这个时候，你才能够知道朋友因为包容而隐藏起来的一切。

他们有忌讳的话语，也有自己不为人知的悲伤，他们也会因为某件事情而觉得无法忍受。

如果多一点理解和支持，也许事情就不至于这样子。

晚上，崔灏与阿存共同的好友约崔灏出来见面。

好友告诉崔灏，在一起打拼这段日子，阿存做一切都没有怨言，他也愿意替崔灏解决这一切。但是，崔灏太伤他心了，什么事情都交给他，出了问题也不考虑是不是自己的过错。

对于他的帮助，你从来没有说过谢谢。他在乎的不是你那句谢谢，而是你对他的肯定。

崔灏低着头不说话，他在反思自己。的确，很多事情做得不对。

你是不是也有这样的经历，虽然对好朋友这种做法不是很认同,但是碍于友谊,便不发表意见?

有时候,朋友某些言辞会伤害到你的内心,但是,你认为作为朋友,何必计较这么多。

不表达意见,并非是没有意见,只是因为珍视友谊,所以那些意见可以忽略不计。

因此,即便有些小伤痛,也会笑着说没有关系。

因此,有些小忧伤,会自己一个人躲在角落默默忍受。

有些时候,那些不在乎的背后,其实还是很在乎的。但是,为了那份友谊,为了能够让大家都开心,就全部视而不见吧。

崔灏想,他现在才明白这个道理,会不会迟了点?

崔浩再遇到阿存,是几天以后,他为公司的事情忙得焦头烂额,这些原本是阿存负责的。想不到办法,崔灏到外面散心找灵感,没想到遇到了阿存。崔灏听别的朋友说,他已经被一家大企业录用了,事业高升。

其实,他们本是无话不谈的朋友,现在却相见无言。

阿存问他,是不是遇到什么烦心事情了。崔灏沉默了一下,说,上次你负责的广告出了点问题。

阿存想了一下说,晚上电邮给我吧,我来解决。

崔灏没有想到,他还会帮自己。崔灏低着头说了一声谢谢。

阿存什么都没有说,只是拍了拍他的肩膀。

之后,崔灏遇到的问题解决了。

讲到这里,崔灏端起茶抿了一口。有人便问他,最后怎么样了。

　　崔灏笑着说，他最后辞职，再次回到了我们的公司，然后才有了公司现在的辉煌。而我借此再一次认识了我的朋友以及自己，让我们的友谊变得更加牢固。

　　真的，伤害也未必是一件坏事。

　　作为朋友，相亲相爱时，心会变得很宽广，他们会无限包容你。他们会隐忍自己所有的不愉快，因为，他们珍惜你，珍惜同你的这份友谊。

　　退一步，海阔天空。想必，谁都曾这样想。

　　同朋友关系密切的时候，那些小毛病或者小摩擦也不算什么；可是，当我们彼此伤害时，之前的隐忍、之前的宽容就会消失得无影无踪。

　　看来，伤害并非总是坏事，它能够让彼此放下顾忌，放下那份维护之情，将真实的自己展露出来。这是灵魂的一种坦诚相见。

　　而我们则能够通过伤害了解到，原来，那些好朋友，有被自己忽视或者不知道的情感。

　　因此，不要害怕同朋友发生争执，有时候，它能够让你更加了解朋友。

偶尔相左，
是化身为推动这艘帆船的风

　　我们身边有这么一群人，他们或她们跟我们的兴趣爱好相同。

　　这些人或许离我们很近，或许离我们很远，但任凭时光流逝，一直同自己保持着联系。

　　这些人会一直出现在我们的人生路途上，在某个时刻为我们"出谋划策"。

　　这些人除了安慰疲惫的你，有时候会提出反对意见，甚至会"干涉"你的生活，让你陷入两难的境地。

　　因此，在某些时候，我们会认为这些人不理解自己，会厌恶起他们。其实，真正的朋友，才会给你逆耳忠言。

　　这些日子，萧雅在电话中一直在同寸心抱怨蔷薇。她在电话中气愤地说，蔷薇一定是遇到了什么不开心的事情，不然为什么自己做什么，她都提出反对意见呢。

　　对此，寸心想了很久。要知道，女生之间的友谊非常敏感，一点小问题，都可能导致不可挽回的局面。可是，对于蔷薇的做法,寸心也没有很好的解释。

她只得安慰萧雅,或许蔷薇只是看到了我们没有看到的东西,蔷薇认为你那样做最终会吃亏。

萧雅表示不理解,她认为谁都没有权力对任何人指手画脚。

然而,生活是复杂的,我们无法在短时间洞悉一切。

每个人都会因为生活所迫而戴面具,没有人能一眼就了解谁。一个人的阅历有限,很容易在人生的道路上犯错,因此需要有人为我们出谋划策。

那些一直陪在自己身边的人,恰是能够在我们迷惑或者莽撞的时候给指示的人。

可惜,萧雅根本听不进寸心的劝说。

没过多久,寸心就从其他朋友那听到萧雅同蔷薇关系破裂的消息。

她万万没有想到她们两个人会走到今天这一步。

萧雅和蔷薇是大学时期的同学,她们两人关系非常亲密。俩人无话不谈,甚至约定说,如果四十岁还未嫁,就住在一起。

一直以来,她们都在大声宣布,她们是最好的闺蜜。毕业后,她们两个决定共同留在那座城市。

两个人之间到底是因为什么变成这样?寸心想不明白。

没过多久,萧雅带着行李到寸心这边小住两天。而寸心也从萧雅的嘴中得知了事情的原委。

原来,萧雅自毕业后在选择工作方面一直犹豫不决,做什么都没有定性。对此,萧雅解释,她只是觉得那些工作不适合自己。而蔷薇则果断地选择了一份相对合适的工作，虽然同自己兴趣没有多大的关系，但是有很好的发展前景。

蔷薇好几次劝萧雅去她们的公司，这样不但可以解决工作的问题，还可以在公司里互相照应。但是，萧雅不愿意，认为在公司里做出纳根本无法实现自己的梦想。

在原来的城市待了几个月后，萧雅想去南方，去更大的城市闯荡。她认为，只有更繁华的地方才能够完善自己。她认为那些去了南方的同学现在的生活非常精彩。

可是，蔷薇认为，若是在熟悉的地方都无法生存，在陌生的地方又能有什么作为呢？两个人第一次有了争执。蔷薇有正式工作，她认为既然决定了要在这个城市生活，就要努力一番，没有定性的人到哪里都不会成功的。

萧雅同蔷薇争执了一番，最终也没有结果。

她问寸心支持谁的意见。寸心思考了很久，却不知道该如何回答气愤中的萧雅。显然，这件事情的关键不是找出谁对谁错，而是要着眼全局。

别人的话或许有些无法接受，可是，却有一定的道理。社会是残酷的，我们只能去调整自己。

寸心只是劝萧雅心情平静了回去同蔷薇促膝长谈一次，毕竟两个人最初决定一起打拼，一个人在做决定的时候必须要考虑另外一个人。

毕竟，人生的复杂性是我们无法想象的，很多时候，我们会在前进的路途上迷路，会选择错误的方向。这时，只有真正的朋友才会不顾一切地指出你的错误，拨正你的人生。

也许，你在困难的时候只是需要一句安慰，而非指责或者相左的意见。

萧雅同意了，于是在寸心这里住了两天后，便回去了。

后来，在同萧雅通话中，寸心得知在蔷薇的极力反对下，萧雅最终还是没有去南方。她在蔷薇的帮助下，应聘了另外一个公司的工作，顺利地通过了初试、复试。

那份工作，无论工资还是工作环境都非常好。但是，萧雅从一开始便同她们的同事关系比较僵硬。有个同事更是萧雅的竞争对手，她们一起进入公司的，两个人都在试用期，经理说看业绩以及工作情况决定她们的去留。

同事很有城府，人前人后各有一套。本来什么事情都不放在心中的萧雅最后无法忍受了，她想辞职。

可是，蔷薇持反对意见。她说，竞争无处不在，无论是能力还是同事关系，不是别人来适应你，而是你去适应别人，若这么容易就放弃，以后，更不会有什么作为。

萧雅在家大哭一场。既然在公司举步维艰，还不如辞职呢，蔷薇反对自己去南方也就算了，还反对自己辞职么？

萧雅同寸心在电话里哭诉，她觉得自己再也无法坚持了。寸心不知道该如何安慰萧雅，因为她也同意蔷薇的看法。

因为蔷薇的阻止，萧雅没有辞去自己的工作，并且凭借自己真实的水平获得了上司的赏识。她的工作逐渐有了起色，四个月后还涨了工资，生活变得多彩起来。

　　萧雅在电话里说，这一切都要谢谢蔷薇，若不是她的阻止，她或许就去了南方，也不会有这份工作，更不会有现在的成功和生活。那些去了南方的同学现在都羡慕自己。

　　寸心在电话这头笑着说，这就是朋友啊。

　　将心比心，那些朋友们偶尔的指责是出自对你的爱，他们希望你能够尽快强大起来，能够在他们不得不离开之前独当一面。

　　朋友们偶尔提出的反对意见，只是希望你能够在最短的时间里到达成功的顶峰。

　　古语曰：良药苦口利于病，忠言逆耳利于行。

　　那些肯提出不一样意见，甚至让你觉得难以接受的人，是你真正需要珍惜的人，他们会激励你也会鞭策你。

　　若是将一个人比作一艘航行的船，那么这些偶尔相左的朋友们便是那阵风，能够让处于困境的你再次起航。

闺蜜,维尼熊陶罐里的蜜糖

前段时间,在一家咖啡店,偶然遇到了小师妹琳琳。

我将自己的事情简单地说完后,问她最近过得怎么样,没想到琳琳脸色一僵。

她摇摇头,手里的汤匙一直搅动着咖啡,只是说"累"。

然后话题就结束了,她因为有事情先行离去,留下我在原地看着午后懒散的阳光以及窗外行色匆匆的人。

对于这个小师妹,我倒是还了解其性情的,很倔强也很坚强的一个女孩子。她对什么事情都不轻言放弃,而且能够自己解决的事情,从来不转求于他人,一直认为人生需要挑战。如今却说累,看来的确过得不容易。

此后很长一段时间我都没有见过琳琳,虽然我们在同一个城市生活。偶尔浏览人人网,无意间看到了琳琳的账号,下意识地就加她为好友。翻看她那几百条状态,全部都是鼓励自己不要放弃的话,也有讲述在成长的道路上受到的挫折,甚至还有一个人在夜里大哭的状态。

想必,琳琳毕业后,一定是遇到什么艰难的事情了吧,这么多状态,哭着的,笑着的,全是她这些日子来的无助以及坚持。

我给琳琳留言说,如果有什么想不通或者我能帮忙的事情,来找我。

作为一个学姐,我只是给自己的师妹一个安慰的话,也没有期望琳琳能够向我敞开心扉。但是,在陌生的城市,有一个能够安慰你的人,想必苦涩的生活也会有一丝甘甜吧。

一天晚上,正在看书的我突然接到琳琳的电话,这让我感到非常惊讶。因为,当初偶遇,我们彼此并没有留下联系方式。

电话接通后,我礼貌地问好。但是,小师妹很久都没有开口。隐约中,我还能听到她在那边轻轻的抽泣声。

我问她怎么了,是不是出了什么事情。

琳琳终于说话了,她说,师姐,我就跟你吐一下心中的苦水,自己一直撑着,不曾对任何人说,可是现在有些撑不住了。

接着,琳琳开始向我倾诉毕业后遇到的事情。

毕业后,她因为男朋友出轨而结束了自己四年的爱情。然而,性格倔强的她没有一蹶不振,她想用更高昂的姿态向所有人证明自己。失恋后的她开始马不停蹄地找工作。之前考虑到男朋友,很多她喜欢的工作都放弃了,现在她已然毫无顾忌。

此外,她还拿出本来想同男朋友一起"北漂"的积蓄,同一个志趣相投的人一起做商业投资。可是,商场如战场,没有在社会闯荡过的她再怎么小心还是亏了。可是,她怎么也没有想到,本来和她一起投资的人竟然拿走了所有的钱,然后杳无音讯。

这是残酷的一课,她大哭了一场。然而,别人怎么会疼惜你的眼泪呢？她必须想办法弥补之前的亏空。

为了解决眼前的困境，她将原本的房子转租出去，换了一间更便宜也更小的地下室。除了白天的基本工作，她晚上还会熬夜兼职写策划案。每天，她都像一个上紧发条的钟，不得休息。

琳琳大哭着说，她只是想好好生活，只是想认真对待身边的每一个人，为什么会发生如此多的背叛和欺骗。

等琳琳哭够了，我才安慰她说，生活本来就不容易，先是生而后活，世界本来就不公平，否则就不会有这样复杂的社会。这一切，就当是生活的磨砺吧。

我有意想帮琳琳，可是她拒绝了。她说，这一劫难，要靠自己挺过去，若是真挺不过去，她自然会求助的。

我很高兴琳琳这样坚强。每个人都有各自的磨难，去除我们本来的锋芒，让我们变得更圆滑，适应所谓的世俗。

是，我又心疼琳琳这样艰苦。那通电话过后，我曾试图联系琳琳，但她总是处于忙碌之中。

于是，很久一段时间，我们再也没有联系。

冬日再冷，也会因为阳光而有一丝温暖。某天我在逛商场的时候竟然遇到了同样在买东西的小琳琳。如今的她，眉眼中全是笑意，脸色也更加红润。

我们选了一个安静的地方，坐在一起聊天。我询问她最近的生活如何，她笑着摇摇头，然后告诉我，一切都已经解决了。

琳琳说，人啊，只要陷入困境一次，就会知道谁才是自己生命中值得珍惜的人。

原来，那次长谈之后，琳琳不注意休息，最终大病一场。她躺在自己的小屋中，谁都不想联系。不能让父母担心，不想打扰朋友，疲惫的她曾想就这样算了吧。

但是，她没有想到自己的闺蜜会找到家中来。那天，她听到敲门声，打开门后居然看到自己的闺蜜。对于自己的事情，琳琳第一个要瞒着的人就是她。闺蜜什么都没有说，带着很多东西怒气冲冲地"闯进来"。她放下水果和食物，从包里拿出银行卡，甩在桌子上吼着，要么用这里面的钱，要么现在就押着你回家！明明是关心，却是恶狠狠的威胁语气。

然后，闺蜜就为她做饭，收拾屋子，一句话也不说。晚上，琳琳迷迷糊糊中感觉她用手探着自己的额头，小声地说，怎么这么傻呢，就不肯跟我说自己的难处呢？琳琳眼泪流下来了。而后，闺蜜一直窝在她的小房子里陪她，照顾生病的她。琳琳也曾让自己的闺蜜回去，闺蜜凶巴巴地说，假都请好了，回去做什么？

闺蜜说，我知道你有什么难处最不喜欢向亲近的人求助，我太了解你了，你的状态越平静，说明你不是太忙就是太辛苦，你在有意隐瞒。可是，我们是好朋友啊，有什么事不能说呢，你这样还不是让人担心么。

琳琳突然明白，无论自己生活有多么艰难，只要有了这个闺蜜，她就能笑对一切。闺蜜就像镜子里的另一个自己，熟悉自己的一切。她们能够无限包容自己的委屈和无助，能够让自己卸下那份伪装。因为，她们了解自己，懂得自己，永远都会向自己展露笑容。

　　她们会心疼自己的哭泣，会在乎自己过得好不好，会向处于逆境中的自己毫不迟疑地伸出援助之手。

　　琳琳后悔一直瞒着闺蜜，她看着眼睛红红的闺蜜，抱着闺蜜说了声对不起。然后，她将自己这些日子以来所有的委屈与艰难都告诉了闺蜜。闺蜜只是抱着她说，没事了，一切都没事了。后来，闺蜜为她补齐了剩下的亏空。

　　人生，因为有贴心的朋友，才少了那么多的磕磕绊绊。小师妹说，她的闺蜜让她在苦涩的生活中尝到了甜。

　　闺蜜是那些愿意陪你颠沛流离，一直等你光芒万丈的人。

　　我想起了曾经看过的一部动画片，里面有只可爱的维尼熊，他到哪里都会带着自己装满蜜糖的陶罐。

　　其实，每个人的闺蜜都是小维尼熊陶罐里的蜜糖。她们永远都会在那里，为自己提供一份生活的甜蜜。

红颜蓝颜，不说爱，只"友"情

一次同学聚会，我们在席间聊天，不知怎么回事，就聊到了红颜知己和蓝颜知己。一个朋友说，无论红颜知己还是蓝颜知己，人们不过是在为精神出轨找一个借口罢了。

然而，小薇却摇摇头说，并非如此，无论是红颜还是蓝颜，他们都不会让你有出轨或犯错误的时候，因为这些人希望你过得更好，而不是为处理生变的感情烦恼，他们让你动情却不动爱。

小薇与奥卡相识十年，从初中到大学，再到工作，两个人一直在同一个学校或者同一个城市，不远不近。

其实，小薇同奥卡也不是经常见面，他们不过是在朋友聚会上见见面。见面后，两人不会生分，马上嘻嘻哈哈地玩闹起来，说笑一阵后，就会说说彼此最近的生活与烦恼。他们坚信，对方就是那种不需要多见，也不需要多说，就能了解的人。小薇知道自己可以在他面前放下所有的伪装。奥卡会安静地聆听小薇的满腹委屈和不满，最后为她送上纸巾或者是奶茶。

巧合的是，奥克每次出现的时候小薇多半处于人生低谷，不是情感上遭遇了问题，就是生活中出现了麻烦。这位蓝颜知己会在小薇走投无路的时候伸出他的手，等她生活恢复正常，又退出她的视线。

作为红颜的小薇是骄傲而聪慧的，她明白对于奥卡这种蓝颜，她无权向他提及自己的担心或者欣喜，也不想涉及爱情。红颜给那个人的只是一份自由，一份思想的自由。她不会像女朋友那样，为他哭泣，担心他的生老病死，同他痴缠不断。红颜知己只会安静地看着那个男子发生的一切，凝望着，去读懂男人的内心，然后用无言的行动告诉他，我理解你，我能够分担你的压力，能够给予你一份驱散孤独的温暖。红颜可以说是一个聆听者，男子在她面前可以展露他所有伪装起来的东西，那份流浪、疲惫、无助甚至是无情。红颜能够一一接受，让男子在安静中慢慢找寻丢失的自己。

女朋友是爱你的，而红颜知己却是懂你的。她能够看破你的层层伪装，明白你在坚强背后那份隐忍。她用灵魂同你交流。

而蓝颜知己又会怎样呢？蓝颜知己对于女生而言是一个优雅的绅士，一把保护伞。他们不同于闺蜜，他们坚强、勇猛，能够为自己排忧解难，即便不能解决你的问题也能够让你心情舒畅。他们在女生面前永远都是宽容的，不计较女生的无理取闹，不计较女生在他面前素颜朝天，更不计较她们的哭泣以及坏脾气。他们会安静地倾听，然后可能会分析道理也可能会自我贬低而逗女生开心。

小薇说，自己风光的时候，很少会见到他的身影，除非主动去找他。而自己落寞的时候，他一定会过来，给自己一份温暖。

然而，无论生活怎样发展，她同他似乎没有多少交集。偶尔的相见，偶尔的攀谈，总是显得那么漫不经心或者十万火急。

如今，彼此都有了稳定的生活，即便离得很近，却仿佛约好一般，谁都不去打扰谁。

小薇笑笑说，你们知道吗，我永远都不会忘记这个人，这个能让我不顾形象嚎啕大哭的人。他是一个特殊的朋友，会用一种特殊的形式永远存在于我的生命中。

蓝颜知己与爱情无关，他们可以同女子成为特殊的朋友，可以陪伴她的心灵。相对于闺蜜，蓝颜知己更有办法让女子开心。他们明白，女生是柔弱的，再怎么假装强悍也会在自己心爱的男子面前脆弱不堪。

他们也理解，男子都比较粗心，会被现实蒙蔽眼睛，会在不经意之间伤害这个美好的姑娘。于是，蓝颜知己做起了隐形的护花使者，他们只会在女子受伤的时候出现，在她们需要的时候提供帮助，然后再远远地看着这个姑娘在别人怀里幸福地微笑。

蓝颜知己是明智的，他们明白，自己同这个女子之间永远都会有一条线。只要不越过这条线，彼此都会自由地生活。他们也理解，他们无法给予她想要的一切，也不能给予这一切。若是打破这平衡，那么他们将永远看不到姑娘的另一面。他们同姑娘的心灵以及灵魂都会渐渐疏远。或许，他们同这个姑娘最后会落得相忘于江湖。

红颜蓝颜，他们和她们对某一个人而言是一个特殊的存在。在红颜知己面前，男人没有威严只有尊严。在蓝颜知己面前，姑娘没有伪装只有真实的自己。

小薇说完他的故事后，林枫也过来了。他坐在我们身边说，说到蓝颜知己就必须提及红颜知己。其实，哪个男人没有自己的红颜知己呢？想必很多人都想拥有一个可以刻骨铭心去爱的人，再拥有一个可以心灵相通的人。爱情会将自己束缚起来，会让男人有很多的责任。因此，爱人给自己的是一个归属，让自己明白该如何成长。而红颜知己给的则是一份心灵相通的懂得，让自己在疲惫中停留片刻。因此，红颜知己会让男人觉得轻松。

林枫告诉我们，他也有一个红颜知己，一个真正的心灵之交。他同她之间没有爱，只有一份独特的情谊。一次，他同朋友去探险，因为手机掉进水里，没有办法及时同家人联系。后来，回到家中时，女朋友向自己大哭大闹，不停地诉说着自己的担心与害怕。

后来，出门的时候遇到了红颜知己，她比之前要消瘦很多。看到自己时，她笑容淡淡地问，回来了？玩得开心吗？可是，他从好哥们那里得知，在自己无法联系上外界的那几天，红颜知己不停地打电话，到处寻找自己的消息。可是，这些担心、牵挂，红颜知己从来没有告诉过他。

红颜蓝颜，我们拥有着的同时也在扮演着这样的角色。

红颜蓝颜，他们和她们心甘情愿地关心你、照顾你却从不会告诉你。因为他们对你有情，可是这份情谊同爱无关，他们只是想好好照顾你，在你最无助的时候给你依靠。

最终，无论红颜或者蓝颜都会自行离去。当这些知己认为你已经不再需要自己或者这份情谊已经无法继续的时候，红颜蓝颜就会决然离去，不留给你任何的牵绊。

这些人明白，若想真正留在你的生命中，还不如让你在某一时刻的时候，念起自己的好。

与其得到，不如怀念。

有种信仰，
信则灵

晚熟恰恰证明对内心的珍视

不要幻想在哪里跟他说再见

有些人，其实本就该忘记

那个人，为什么就走不近你

前任如同时差，终会被纠正

凭什么认为他没那么爱你？

你当靠谱，他必不随意

天将降白马于你，故迫你等待

晚熟恰恰证明对内心的珍视

人们总是埋怨世间太浮夸,真善美越来越少,心也没有了往日的澄清,偶尔回头,总会想着童年的无忧无虑,或许还会发出感慨,最幸福的时光就是童年。这样的想法,如同依靠动物生存的寄生虫一样可悲,认为自己的幸福时光,早已经止步,现在所做的百般努力,不过是不得不完成的任务。

小雪是一个孩子气的人。

她喜欢收集玩具娃娃。在她小时候,曾经在商场上流连忘返,为的是能多看几眼货品架上的芭比娃娃。

小雪家境不富裕,懂事的她,不会像别的小孩那样,央求爸爸妈妈给自己买一个昂贵的娃娃。她的爸爸妈妈看在心里,也不想委屈女儿,便在能力范围内送了小雪一个便宜的娃娃。但是,小雪知道手中拿着的普通塑料娃娃是比不上商场的芭比娃娃的。

她十分希望能拥有一个芭比娃娃。

小雪听说向流星许愿,愿望就能成真。晚上,她会抬头仰望星空,寻找天上的流星,对着转瞬即逝的流星许愿——希望能拥有一个芭比娃娃。

小雪的愿望一直没有能够成真，但是她一直没有放弃拥有芭比娃娃的念头。后来，她工作了，能给自己买很多不同类型的芭比娃娃了。

在每一年的生日，她都会给自己精挑细选一个精致的芭比娃娃。在平日闲来无事的时候，她就会收集很多不同的芭比娃娃衣服，然后精心打扮自己的娃娃们。

做一个纯真的大人，没有什么难的。只是很多人，都以成熟为借口，把自己包装得密不透风。成熟世故，就变成了成长的代名词。什么时候，成长是需要同流合污的？孩子天真无邪，他们的一举一动看似幼稚可笑，实际纯真无暇。他们不掩饰自己，开心就大笑，伤心就大哭，全身心投入到一件事中。一个普普通通的小铃铛，也能令他们开心不已。这种纯粹的开心，不是每个成年人都能拥有的，这是上天赐予孩子的礼物，让他们享受到拥有简单事物的快乐。

而选择做一个纯真的大人，就能延续这份简单的快乐。

小雪的朋友们，都知道小雪有一个芭比娃娃梦，也常常笑她是长不大的娃娃。

其实，小雪明白现在的世界变得越来越残酷，她自封自己是小王子，那个守护着星球玫瑰的小王子。她希望自己无论在什么时候，都是那个有着纯真心灵的小女孩，那个在十几年前的晚上，寻找着天空中的流星，许愿拥有一个芭比娃娃的小女孩。

小雪就是把自己心中的童心，当宝物一样收藏着。尽管身边不少人嘲笑她幼稚——年纪不小了，还喜欢跟小女孩一样玩娃娃，又或者笑说她是长不大、爱卖萌，她一笑置之。别人的不理解不能减少她对呵护童心的珍视。

有时候，小雪会认为，当她在许多年前对流星许愿时，流星送给了她另外一份珍贵的礼物，这份礼物就是叫她守住自己的童真。

拥有了这份童真，即使外面世界再咄咄逼人，再冰冷残酷血腥，那又如何？

小雪知道，只要那个对着流星许愿的傻小孩还住在她的星球世界上，那她就是一个快乐得没心没肺的自由人。

在她的心里，永远住着一个充满童真的小女孩。

她一直很珍惜这个小女孩，每天晚上给小女孩唱歌、读故事，每天早上给小女孩打气，鼓励着她去迎接新挑战。在这个小女孩心灰意冷、失意低落的时候，小雪张开双手拥抱着心中的小女孩。

当小女孩抵不过外面世界的冷言冷语，小雪会对她说，请再忍一忍，不要走，留下来陪伴我，度过一个又一个黑暗冰冷的晚上。

没有小女孩，小雪将不再是纯真无暇的人。

在心境低落的时候，小雪会与心底的小女孩一起看《小王子》。那是她童年最喜欢看的一本书，以前的她读不懂里面的寓意，只为小王子的历险经历拍手叫好。现在的小雪，开始细细品味其中的含义。

　　成人世界的荒唐、小王子的纯净，还有玫瑰的贪慕虚荣，这些都是真实的人间百态。当孩子在不断成长时，就会希望自己变得成熟，像大人一样独当一面。在这种转变过程中，孩子模仿了大人的虚伪，随意丢掉了上天赐予的礼物，抛弃了天真烂漫的童心。幸运的是，不是每一个人在成长中，都会抛弃当年的童心。有些人会给自己守住一份简单的快乐。

　　青春一去不复返，容颜随之改变，但是只要保持一颗童心，即使步履蹒跚、满脸皱纹，我们依然能拥有春光灿烂的笑容，依然能拥有对生活的热情。

不要幻想在哪里跟他说再见

不要幻想着在什么地方,跟他说再见。

需要对一个人说再见时,就请优雅从容地跟他说,我已经不爱,你请慢走。转身之后,一定会有一个人,在远处拿着玫瑰花等候着你。挽着他的手,或许你们不能在高级餐厅大鱼大肉,但是街灯下的晚餐同样欢悦。

静与杰在一起两年了。

在两年之中,他们经历了很多。他们刚在一起时候,两人有着各自的伴侣。他们自认跨过了艰辛,才辛苦地走在了一起。

经历了这么多,他们理应"从此幸福快乐地生活在一起",可是,时间不给,空间不给。两人生活在不同地方,远距离的恋爱需要两人奔波着去维系。

最终,他们抵不过时间,抵不过空间。

杰出轨了。

静知道,她从来都没有信任过杰。想当初,他们就是背叛了别人,才走在一起。她自然会害怕,他们两人也会因此而分开。

在知道后,静没有上演一哭二闹的戏码。她不动声色。她说，她要收集证据，等时机到了，她会一次性"清盘"。

然后呢？就一清二白了吗？如果没有爱的心，为什么还要在一起？静说，当初他们好不容易在一起了，两年多的感情，不是说放弃就能放弃的。

"两年多的感情，不是说放弃就能放弃的。"多少人，是以爱之名，把自己束缚在铁墙中？幻想有一天，干净利落地跟旧爱说再见，然后转身投入另一个温暖怀抱。

在还没有遇到这个怀抱之前，他们一直沉陷在泥沼里，艰辛地举步。他们知道，现在的恋情，弃之可惜，食之无味。

两人当初排除了艰难和非议，走到了一起。他们一定会认为，经过磨难的爱情才是真爱。他们想着，应当在一起。只是，他们抵不过遥远的距离，抵不过内心的寂寞。一方出轨了，而另一方，想象着报复的戏码。

如果不爱了，那就不要强留，不要让当初的美好回忆，一点点变质，直到双方提起来都心有余悸。这样没有意义。如果一段恋情，最后以失败告终，你们至少还剩下美好的回忆。如果你们鱼死网破，对不起，什么都剩不下，反而替自己觉得恶心——为什么当初看上这样的人？

静不明白她不过是放不下，放不下当初的努力，放不下两年的情感经营，更放不下的是，说了再见之后，她还能不能找到下一个。

她慢慢疑心加重，在杰的手机上安装跟踪软件，隔半个小时就查看一下他的行踪。他说去工作，她就查看他是否在工作岗位上。他说去打球，她就查看附近是否有篮球场。遇到地点与"口供"不对的时候，她就会断定，他又出轨了。

一来二去，静已经心力交瘁。她受不了自己的疑心，受不了杰的不忠。她下了决心，不如给自己寻找下一个爱的转角。

可是，她在寻找另外一个怀抱的时候，并没有跟杰做好了结。她想着，至少，在我找到下一位之前，还有他在。

放手吧，如果你不再爱了，何必苦苦纠缠。

你不必大度地祝福曾经的恋人，但是你可以潇洒地转身，然后给自己一个机会，去寻找更美好的生活。而不是，在摇摆之中，划动着船桨，拼命远离悬崖，希望自己在努力之后，能找到指引方向的灯塔。

静也希望自己不要再执著于这段不该有的恋情，她会幻想，就在第二天，拿起电话，坚决地跟他说分手，再轻轻地说出她已经知道他出轨的事情，但是她不在乎，因为她已经不再爱了。

但是，第二天，仍然什么事情也没有发生，而是像往常一样，延续着"查岗"、怀疑、质问的戏码，没完没了。

为什么人们总是放弃不了一段感情？偏偏要让它像死灰般，一次又一次地复燃，而自己像飞蛾般，一次又一次地扑向火堆。说爱不容易，难道说再见同样也困难吗？

也许，是人们计较得太多。

如果自己爱得多，他爱得少，心理就会不平衡，偏偏要"势均力敌"。如果恋情崩塌之后，他们就会把之前的"旧账"拿出来，重新计算。就像静与杰，他们计算自己为了开始这段恋情，牺牲了太多；为了维系异地的感情，也付出了太多。他们不应该就这样轻易地说再见。在他们心底深处，除了不舍，还有一种叫"不甘"。

他们不甘心于付出的没有回报，只能带着伤疤，继续牵着手向前，即使他们再走一步，伤痕就多一条。

为什么他们就不能看到美好、积极的一面呢？

为什么他们不会想起当初在一起时候的温馨美好？想起，两人心动一刻的甜美。然后，放下双方的手，告诉对方，自己已经不爱了。当他们回首的时候，就会剩下美好的回忆，而不是现在的残缺不整。

有时候，再见一词，总是不说，就会永远说不出来。最后，只能一直把"再见"挂在嘴角边，像一道咒一样。

有些人，其实本就该忘记

有些人本来就应该忘记的。

莉跟我说，她收拾了屋子，叫我过去，帮她挑出一些不好看的衣服。

我去到她家，发现她家里一下子变得很宽敞，以前一些零碎的摆设全部不见了。

莉笑了笑，叫我去她的卧室。

想不到，她的卧室倒像一个储物室一样，堆满了大箱小包，都是一些准备丢弃的东西。

我问她，为什么，一下子要丢掉这么多东西。

莉不假思索地说，哦，我想放下了。

莉心里一直记挂着一个人。

他是莉从小就认识的好玩伴。他们是邻居，很小的时候，就在一起玩耍。

莉说，小时候，她以为自己长大会嫁给他。

就像所有的俗气故事一样，又是青梅竹马的开头，但是每一个青梅竹马的故事，都有着各自的结局。

莉的结局是伤心剧。

他们有过情窦初开的时候，少男少女的爱情，像嫩芽一样，最后停止了生长。青梅竹马头也不回地离开了，不带一丝遗憾。

可是，莉放不下。

她希望青梅竹马回心转意，她说，我等你，我等你回来。

青梅竹马笑了笑，什么也没说，转身就走。

莉从此封闭了自己的心。她不再爱上任何人，但她也跟其他男生发展恋情。到了最后，男生问，莉，我该怎样走进你的内心呢？

或许，他们根本不应该试图走进莉的内心，只能等待着莉去忘掉那个青梅竹马。

离开八年了。

一个女人的最好年华，不是只有八年，但是这八年一定包含着她的美好年华。

她跟我说，她需要忘记了。

她不希望自己的房子，就像一个纪念馆一样，摆放着以往青葱时光的恋情。

就像不应该抱着回忆生活一样，人也不应该只抱着过去的爱生活。

人应该不断向前。如果爱已经不再，就不要给自己找任何的借口，以爱之名，给自己画地为牢。幸福时光，不是只有过去才能有，更不是只有过去的人才能给。要知道，放不下的，不是那个人，是你自己。

莉就是如此。

她不是放不下曾经的青梅竹马，她放不下的是曾经的自己。她放不下的是幼年时的稚嫩梦想，她希望与青梅竹马在一起，不过是长久以来的一种思维定势，就像魔咒一样。

莉也放不下青葱时代的自己。在青葱时代，一切如此美好。她一定期望着，两人在众人的祝福下幸福地走进婚姻的殿堂，给自己的青涩爱情一个圆满的结局。

但是，爱情无疾而终，带给她的是无法承受的痛。她痛的，不是爱人离去，是爱人不能给她一个幻想中的结局。

莉就是在这样的念念不忘之中，等待着青梅竹马的"回头是岸"，可是他没有。他走了之后，没有传来一丁点的消息，就在大洋彼岸安安静静地生活着，就像这个人从来没有跟莉相遇过一样。

转头，我看了看她丢弃的东西。

大部分是她与青梅竹马在一起时拍的照片。他们在操场上的相片，在学校活动的照片，在教室嬉闹的照片。

还有一张，是莉的最爱。那张照片，是他趁着莉趴在课桌上熟睡，他偷亲她时拍下来的。

莉最喜欢这张照片。

我告诉她，她之所以独爱这张，不是照片中的他特别英俊帅气，也不是她看起来更加可爱纯真。而是，这张照片证明了，曾经，他有过爱她的时刻。

以前的莉听了，会带有点懊恼。她也许在想，无论什么时候,他都理应爱我。

这次莉看到我拿起那张相片,说,你说得对,我最喜欢这张照片不过是为了欺骗自己,他曾经爱过我。可是,那又怎样,反正他的爱已经逝去了。

他的爱已经逝去了。

那就没有必要再记挂着曾经的爱。

也许,他有什么难言之隐? 或许他得了重病,不想要我知道? 伤心过头时,莉会这样跟我呢喃着。

我没有回答她。

我知道在她心中,早已经有了一个答案。她知道他不过是厌倦了,他不过就是想坐上飞机,坐上十几个小时,然后等飞机降落下后,在一个没有她的地方生活下去。

人们就是这样,经常在别人的生活中消失。

有时候,你必须要做狠毒的巫婆,告诉别人丑陋的事实。

可是莉在八年来,一直没有醒过。她一直沉浸在仙女棒的魔法之下,她生活在幻想之中。在八年之中,她不断更换的男友,都与青梅竹马有着相似之处。

"你看,他们两人都是左撇子。"

有时候,我真想狠狠地耍一巴掌给她,叫她清醒一下。

直到今天,她告诉我,她想忘了他,一个本应该在八年前就忘掉的人。然后,我看到她的卧室堆满了将要丢弃的东西。

我问她为什么决定忘记这个人。她幽幽地说,在除夕夜的时候,她推掉了一切的邀约,准备在家里好好收拾一番。她已经很久没有亲自打扫房子了，等她彻彻底底地打扫起来的时候，突然发现，屋子里太多她跟他的回忆。在那一刻，她产生了恐惧。

她不想再这样了，她害怕以后的自己，就像一个怨妇。

她决定尝试放下他。她清理完物件后发现，八年来，她竟然藏了这么多的回忆，这么多，又这么少，最令她的惊讶的是，八年来，她的经历也就这么一丁点，除了回忆，还是回忆。

莉哽咽地说，我的八年，全是在回忆中度过。我白白活了八年。

她现在伤心的，不是失去那个人，她是为自己伤心。

在八年的时光里，她可以结婚生子，她可以出国深造，她可以过得丰富多彩。

可是她没有。

当他在地球另外一端过起新生活的时候，她在泥沼中艰难地挣扎着。

生命中，总有一些人，是需要你忘记的。

这些人，不是混蛋，也不是自私鬼。与这些人相遇，不是不幸，而是人生必经的阶段。

这些人是来告诉你，学会忘掉。

生活中太多的事情，需要你去忘记。可是，每到晚上，那些纷扰的事，会变成人们不能入眠的理由。

人总要学会忘记，一旦忘记，他们就知道该怎样重新站起来，迎接生活中其他的美好。

那个人,为什么就走不近你

总有一些人是走不近你的。

可能是你的光芒太耀眼,可能是你的内心太封闭。总有人,是走不近的。

在爱情路上,总有一批披荆勇士。他们不怕前途艰辛,他们为了获得心上人欢心,砍下巨龙的头颅,爬上充满陷阱的灯塔。但是他们在爬到窗口的时候,却被公主扔出的一块大石头砸中,摔到了地下,剩下一颗破碎的心。

菁菁喜欢上了隔壁班一个阳光男孩。每次走过他的身边,菁菁都会面红心跳,低头快步走。后来,她知道阳光男孩选修了插画课,就翘课去插画课旁听。

每次,她都选跟男孩最近的位置,时不时盯着他看。当与男孩四目相遇的时候,菁菁会装作不经意地跃过他,望向别处,脸上带着淡淡的笑容。这是她最幸福的时刻。

每个人都有着自己的爱情故事。在故事中,自己演绎着什么样的角色,只有自己知道。

后来,他不再出现在插画课了。

　　菁菁不知道为什么。等不到男孩，她就偷偷地从插画课上
溜了出来。一次，她逃课出来，经过隔壁教室时，竟然发现男孩
就在那里上课。他坐在最后一排，眼睛一直看着前一排的一个
女孩。他逃课，是为了另外一个女孩。

　　男孩脸上的神情似曾相似，那是菁菁望着男孩时才会有的
表情。

　　菁菁明白了，她在意的男孩，也有着一个在意的女孩。

　　每一个人都有一个走不近的人。

　　就像菁菁，她喜欢上了一个走不近的人。而这个走不近的
人心中，也有着一个走不近的女孩。菁菁没有气馁，对深藏在心
底里的爱情不伤心、不埋怨。她知道，只有自己不断勇往向前，
才会在对的时间和地点，遇到一个对的人。

　　菁菁突然想到，也许，就在她的身后，也有着这样一双眼睛，
在背后看着她，等着她回眸，在四目相遇的时候，悄悄地避开，脸
上带着淡淡的笑容。

　　菁菁释怀了。

　　如果时间不对，碰错了心上人，那不是命运不济，而是一场
恋爱见习。

　　她仍然喜欢着这个男孩。她告诉自己，她会一直关注这个
男孩，直到自己不再喜欢为止。在这之前，她会尝试走近这个男
孩，直到她背后的男孩走近她的心为止。

　　不管是谁，总有走不近你的人。

　　不需要堂而皇之的理由。

那些为爱奋斗的勇士们，也不是一点收获没有，起码他们可以获得一块勋章，勋章上写着"为爱而战"。

这些勇士，他们也许不过是时间不对，或者是不够优秀，又或者他们不是心上人心目中的理想骑士。

所以，他们尝试走进公主的时候，竟然被心上人投放的巨石给砸死了。

他们没有错，心上人也没有错。

不要忘了，爱是由一个没有穿衣服的叫丘比特的臭小孩掌管着的。他喜欢在闲来无事的时候，拿着箭去练练手。而勇士们就是丘比特的箭靶。

为爱奋勇的勇士们，他们的心不会一直是破碎的。总有一个属于他们的心上人，站在远处的灯塔上，等待着专属的拯救。

为爱奋斗，永远是一件可喜可贺的事情。之前的遭遇，只是遇到真爱之前的彩排。

在对的时间，对的地方，遇到对的人，是皆大欢喜的喜剧。

但是，在遇到这种喜剧之前，有多少人是在演绎着悲剧？又有多少人，是注定没法上演一场喜剧呢？

错的时间，或错的地方，或错的人，永远都只能换来一声叹息。

在爱情路上，很多时候，不是一帆风顺的。总是有人是走不近的，但是那如何，如果畏惧于对方的光芒，畏惧于时间地点的不对，那么世界上就不会出现一幕幕浪漫感动的爱情戏。

前任如同时差，终会被纠正

如果被前任伤害了，请等一等，放慢脚步。你要的爱，终会在前方。

小雨很有魅力，也很聪明。但是，在被爱所伤的时候，也会做出一些傻事。

她的前任，喜欢上了别的女孩，瞒着她走在了一起。她发现之后，前任非常洒脱地说，分手吧。

小雨受伤了，她的心碎了一地。

她的心，不是爱的心，是自尊心的心。她聪明，漂亮，为什么被前任劈腿？而且劈腿对象不如她聪明，不如她漂亮。

有段时间，小雨失魂落魄，她问别人，她到底有什么地方及不上另外的女孩？她甚至想拿起电话，直接问前任，让他告诉自己，她到底是哪点不如人了？

幸好，她是一个坚强的女孩，起码她认为自己是这样。她藏起了自己的脆弱跟自尊心，像鲜花一样拼命绽放着自己的美丽。

她变得越来越美丽，富有张力与活力，变成了别人眼中的魅力女神。她希望前任发现自己错过了怎样的美好，希望他落寞、惊叹与后悔。

每一段伤心的恋情中，总会有一个伤心的人，躲在角落里，咒骂着全世界。为了治愈身上的创伤，心碎的人会想到各种各样的方式。他们会想尽办法，挽回曾经的爱情，以为唯有这样，碎了一地的心，才能原地粘合在一起，重新迸发出活力。他们也会像那个女孩一样，不断展开新的恋情。他们愚蠢地相信了那句话——治愈失恋的心，最好的方法就是展开下一段。

小雨以为这是"真理"，她不停地更换着男友。每一个男友，都高大帅气。两人站在一起，是一幅美好的画面。

可是，她开心吗？她满意吗？

没有。

小雨认为自己不会再爱了。

她沉浸在失去爱的悲剧中，演绎着悲情失恋女主角的故事。她不过是沉迷在一种幻想中，给自己的生活增加一些戏剧性。

她掩盖着自己的脆弱，以坚强为借口，展开一段又一段的恋情。她希望前任知道，他才是她的负累，是她的绊脚石，没有了他，她可以生活得更美好。

她的前任是怎样想的？没有人知道。但是，小雨根本没有办法重新生活、忘掉过去。她每一次展开新的恋情，都是为了摆脱以前的痛楚，她不过是在加深曾经的伤痛。在伤害别人的感情时，她也想到了曾经受过的伤，如同在自己伤口上撒盐巴一样，这是自我惩罚。

她拿着前任的过错，惩罚着自己，也惩罚着别人，惩罚着下一个拿着真心想与她交换的人。

在自己的心还是破碎的时候，任凭你展开多少段多姿多彩的恋情，你都不能忘记旧伤。

最好的治伤疗程，不是在你想逞强的时候强忍着痛楚，拼命在泥沼中挣扎。越是挣扎，越是在泥沼中深陷；拼命地告诉自己不要回忆、不要去想，只会让记忆像潮水一样汹涌上涨。

只有像纠正时差一般，放下了，一切就大吉。

小雨就是如此，她在某一天，突然释怀了。

就像调整时差一样，在好好睡一觉之后，一切都恢复如初。

此后的她，不再把自己硬逼进恋情中。她安排自己的生活，照顾他人所需，她还想向所有被她伤害的情人道歉。

而那段不堪的恋情，在她的印象中，不再不堪。当她谈起来的时候，会微微一笑，轻轻说，真是年少轻狂。

她遇到了真爱，从此幸福快乐地生活在一起。

越想摆脱的痛苦，越是痛苦。有时候，倒不如对自己的痛苦说，算了，你该怎样就怎样吧。

然后，继续做你要做的事情。

如果早上起来，想到的事情依然是自己的失恋，那又如何？拍醒自己，然后带着痛苦的回忆，洗刷打扮一番。在工作的时候，不小心又想起了以前甜蜜的细节，那又怎样？想了一下，告诉自己继续努力工作。

当你伤心的时候，先让心悲痛一下。不要急着压抑内心的痛苦，就像不要阻止伤口的脓流出来一样，而是让痛苦排山倒海般涌进来。

越想摆脱，痛苦就会越大。

时间真的是最好的治愈疗法。当痛苦降临，就让心痛一下，直到时间抚平伤痛。

凭什么认为他没那么爱你?

之前,有一部电影非常流行,电影就叫《他其实没有那么喜欢你》。

在电影中,女主角以实践的方式告诉那些对男人心存幻想的女孩一个残酷的事实——其实,他没有那么喜欢你。

如果他一直没有联系你,并不是说他太忙,而是说明他没有喜欢你到主动联系的程度。

如果他一直没有提出跟你结婚,并不是他有着童年阴影,而是说明他没有喜欢你到想结婚的程度。

如果他只有在醉醺醺的时候找你,并不是说他在伤心的时候会想到你,而是说明他没有喜欢你到在清醒的时候找你……

影片告诉了女孩怎样辨别暧昧不清和不喜欢自己的男孩。

一时之间,全天下的女孩,都觉得身边的人不喜欢自己。或者,用其中的公式去硬套到自己身上。

可是,《他其实没有那么喜欢你》毕竟不是绝世秘籍。如果女孩们把这部电影,当做万金油一般去治疗一切大小伤,恐怕会得不偿失。

小樱在迎来这一段恋情之前，曾经套用电影中的公式，成功地排除了无数男人的好感。

"昨晚，刚遇到的人，没有主动问自己拿电话。那就说明他没有兴趣，尽管他整晚都在油嘴滑舌。"

"交换了电话的人，连一个短信也没有，说明他对我没有兴趣。"

"一直保持暧昧、就是不挑明关系的人，他没有那么喜欢自己。"

小樱就是这样，简单快捷地帮自己扫清了很多的障碍，减少了不必要的烦恼。

她还不断地推荐自己的闺蜜们去看这部电影，或者告诉她们怎样分辨出他有没有那么喜欢自己。

直到，小樱遇到了这位对先生。

对先生在一开始，过三关砍六将，成功地过了一道道"其实他没有那么喜欢你"关卡——

主动问联系电话；

主动打电话；

主动约会；

主动在约会后继续频繁打电话、约会；

主动挑明关系……

小樱非常满意对先生的主动攻势。她想，他是足够爱自己，才会如此主动。就凭着对先生的主动，她就认为他爱她。

等他们在一起之后，小樱继续用"万能公式"计算着对先生爱不爱她。

陷入爱海中的人，有时候会不由自主地想，为什么他那么好，会爱上默默无闻的我呢？

在爱情中，无论多么优秀的人，总会有自卑的一面，他们会想，当其他人对我不屑一顾的时候，为什么偏偏眼前这个人会爱上我呢？

为什么？

没有为什么。也许是缘分，也许是你们的化学火花，也许是你们心灵相通，也许是丘比特刚好把箭射歪了。

但是，绝对且永远不要认为自己配不上眼前的这个人。

当你纠结于为什么他会喜欢自己，纠结于自己有什么魅力让他喜欢自己的时候，你手中的爱情筹码就已经在减少，天秤已经在倾斜了。

恋爱中的女孩，往往会产生不安全感。她们害怕深爱的人被别人抢走，害怕爱人的爱在慢慢消逝，害怕爱人有天会厌倦自己。她们的不安全感，也许是爱人本身的问题，但更多的是自己的问题。她们对自己缺乏自信。

她们想着为什么，为什么，为什么在芸芸众生之中，他会选择我？

在找到答案之前，她们开始折磨自己，折磨身边的人。她们需要知道，他到底是有多爱我，然后为什么爱，最后他怎么继续保持着这份爱。

她们想找到一套公式、一条绳索、一个冷藏箱，去解开"你为什么爱我"的谜底，用绳索套住爱人，保持着"其实他就是这么喜欢你"的热度,用冷藏箱冰冻住两人的爱。

小樱就是那个希望能用万能公式守住安全感的人。

今天,对先生没有主动来一通电话。对先生说,他太忙了,而在开会的时候,没有办法抽身按时打电话。

今天,对先生很累,没有办法约她出来了。

今天……

小樱开始觉得对先生不再那么爱她了。

对先生没有主动打电话,没有主动约她出来,没有主动为她做什么。

也许,小樱是对的。对先生也许没有以前那么爱小樱了,所以才会没有主动做那么多的事情。但是,也许最简单的真实答案,还是对先生根本没有那么多的时间。也许,他处于事业的上升期,他要努力,好保证小樱拥有更好的生活;也许,他现在忙于一个重要的项目,做成这个项目,能让他与小樱过一个梦寐以求的假期;也许……

当男人有千万种方式,去告诉你,他其实没有那么喜欢你的时候,他同样有着千万种方式,去疼爱你,让你知道,你才是他的一生挚爱。

你不能凭只字片语,去判断他对你的爱意。

你也不能单凭他的一个眼神、一个动作,就去否定他对你的爱。

因为,凭什么你就认为他没有那么爱你?

强求的事情,永远有一个坏的结果。

　　想太多为什么，就会陷入怪圈之中，迷失了自己，丧失了爱情。

　　如果你爱自己，如同爱他一样多、一样深，请不要再问为什么。

　　那么，即使有一天，你发现他真的不爱了，你也可以潇洒地挥一挥手，不带走一片云彩。

　　而对先生通过了小樱的"其实他没有那么喜欢你"的考验之后，又要经历小樱的"凭什么他会那么爱你"的考验。

　　幸运的是，对先生也通过了第二场的考验。

　　他前段时间忙碌，是因为他想赢得项目后，拿着分红，带着小樱出国度圣诞。

　　在异国的小樱，依偎在对先生的怀抱里，想到自己当时是多么小题大做，狠狠地对自己做了一番"自我教育"。

　　对先生不知道小樱之前的天人交战，他拥抱着小娇人，欣慰地露出微笑，想着之前付出的努力，在这一刻得到了双额的回报。

　　女孩们，你可以怀疑"他其实没有那么喜欢你"，但是绝对不要怀疑"他凭什么那么爱你"。

　　爱要投入地爱，一场奋不顾身的爱情，不一定要有"罗密欧与朱丽叶"的戏码，但要求人们奋不顾身地把感情投入进去。如果你不能令别人感动，起码感动自己。

　　等你找到对的人时，请放下那些规则，不要怀疑对方的爱。要知道，爱有很多种方式，就像一百个读者有一百个哈姆雷特一样。

　　不要认为他没有那么爱你了。他爱着你，也许如爱着自己一般深。

你当靠谱，他必不随意

要想知道男人的品味，看看他身边的伴侣就知道了。

张小娴似乎说过，看一个女人的品位，不是看她的衣着、言行举止，也不是看她的文化程度，而是看她最终选择的那个伴侣。

这句话不假，女人挑选了怎样的男人，很容易看出这个女人的品位或性格。如果女人身边的男人强势、专横跋扈，说明这个女人没有主见，文化程度也不高，只能唯唯诺诺地跟在男人后面。同样的道理，一个男人的品位和人品是怎样的，看一看他身边的伴侣，就略知一二。

这样说来，如果你是一个靠谱的人，你身边的那一位也不会太差。

娜娜在大学的时候，就认识了现在的丈夫。

两人在一起的时候，是不用管柴米油盐的大学新鲜人。两人在一起，自然就是吃喝玩乐。女孩要追当季潮流衣服，男孩也不落后。生日、纪念日等一切大小节日，两人都是吃喝玩乐，再顺便互送一些潮物。

潮人潮物，倒也如此。

后来，两人毕业了，就合计生活在一起，在大城市找工作。潮人变成职场菜鸟，情况慢慢地发生了变化。

男友是小城里的"二世祖"。家境尚好的他，只要愿意，就可以回去经营家族的生意。但是娜娜不愿意，她不希望跟着男友回去，成为男友的依附。

娜娜说，你要回就回，我们分手，我想选择自己的人生。

男友爱着她，想了想便牵起了娜娜的手，跟娜娜一起了。虽然他选择了跟娜娜一起奋斗，但是过惯悠哉生活的他，依然懒散地过着每一天。好不容易找到一份工作，他不兢兢业业，反而是做一天和尚撞一天钟，得过且过。

娜娜勤奋工作，力图上游，慢慢地，娜娜的工作有所起色，获得了上司的赞赏，待遇也不断提高。由于工作需要，她常常需要应付一些大项目、大场面。娜娜的世界正发生着天翻地覆的变化。但是，她的男友不知道，每天回到家，继续开电脑玩游戏。

娜娜看在眼里，心里十分焦急。她害怕眼前的男人心里想着"后备计划"，消磨着自己的青春，也浪费着她的青春。

娜娜不需要一个物质丰盛的男人，但是娜娜清楚自己想要什么。

她相信，好的物质条件是需要两人奋斗来的。她不相信不劳而获得来的东西能够持久，所以她不断奋斗，不断勇往直前，为的是努力为他们筑造一个美好的未来。

当初男友能留下来，娜娜感到很欣慰，心中认定了这个人。

但是，现在的她害怕了。她害怕当自己不断在成长的时候，男友却原地踏步，甚至不断退步。

一个人在进步的时候，如果身边的人无法赶上步伐，那么进步的人，终有一天会抛下退步的人。

娜娜非常珍惜这段感情，但是她无法忍受男友的"不争气"。她尝试告诉他，不要再幻想着"后备计划"，他需要对自己的选择负责。但是，"嗯嗯啊啊"之后，男友依然是我行我素。

她想过用各种各样的办法去刺激男友的成长，但是起不到一丁点的作用。

最后的最后，娜娜提出了分手。

娜娜知道，自己是一个怎样的人，决定了身边的伴侣该是怎样的人。

如果哀怒伴侣不争气、不奋斗、不向上，就应该首先检讨一下自己是否也是如此。一个把自己收拾得整整齐齐的男人背后，一定有一个同样注重生活品质、注重整洁的女人。同样道理，如果想找到一个靠谱的人，对不起，请你先把自己弄得靠谱了再说。

如果伴侣不能共同进步，那么到了一定的阶段，原地踏步的那位最终会被不断上进的那一位给一脚踢走。这不是残酷，也不是现实，而是对方已经不能跟自己在同一阶段的时候，两人就会出现弥补不了的裂痕。

她清楚自己已经不是以前的娜娜。

男友愕然，为什么自己放弃了优越的生活，还要遭到娜娜的分手要求。

娜娜坚定地跟他说，我在成长，你在后退，隔膜已经产生了，裂缝越来越大，为什么不一早放手呢？

男友想了想，痛定思痛，他承诺将会追赶上娜娜的步伐。

此后，他一心扑在了工作上。白天兢兢业业，晚上报读自我提升班。节假日，他竟然和娜娜一起去听讲座、去图书馆学习。等他想起来，他才发现自己已经有大半年时间没有玩过游戏了。

不管男友在自己的工作上没有进展，娜娜对男友的转变非常高兴。她在乎的是，自己身边的男人，能和她一起成长，提升自己，迎接挑战，而不是过一日算一日。

一个人的伴侣，就是这个人最好的镜子。这就是为什么说，选择什么样的伴侣，能够看出你有着怎样的品位和性格。而且，最重要的是，精神层面不能达到一致，两人生活在一起，就是一曲无言的悲剧。

美丽不等同于魅力。

倘若你讨厌身边的人是"不成钢的铁"，那就该好好反省一下自己，是否也是如此。如果你是，那就不要责备伴侣同样如此。当你不断奋进，再回头看看身边人，也许你会发现，不努力的人要么早就默默地离开了你，要么就与你一起靠谱起来了。

天将降白马于你，故迫你等待

九九记得，她高中毕业的时候，收到过这样一段临别寄语：青春转瞬即逝，好好把握，谈一场奋不顾身的恋爱吧！

九九惊讶。

写这段临别寄语的，是班上最受欢迎的玫瑰。她是班上最漂亮的女生，也是班上最受欢迎的女生。她是那些年，所有男孩都在追的女生。

玫瑰也很聪明，她的成绩永远名列前茅。玫瑰好像没有驾驭不了的事情。

不同于其他爱学习的女生，玫瑰热衷于谈恋爱，不管老师家长怎么阻止，她只要喜欢上哪一个男孩，就会轰轰烈烈地跟他谈恋爱。

青春就是用来怀念的。她曾这样跟九九说。

九九笑了笑，没有把玫瑰的赠言放在心上。九九有着自己的世界，她的世界如同小王子一般，在一个星球上，守护着一朵花。

后来，九九考上了上大学。一所普通的大学，过着普通大学生活。

一天，上铺的舍友，高声宣布她谈恋爱了。

没过多久，有人宣布她陷入情海。

之后，宿舍的女孩都有了挽着手的另一半，除了九九。

九九，篮球队的阿星很帅气，我介绍你们认识吧。

九九摆摆手。

九九，隔壁班的阿杰，似乎对你有意思呢。

九九笑了笑。

后来，舍友们再也没有告诉九九谁比较帅气，谁可能对她有意思。当她们成双成对出去玩的时候，就会叫上九九。有时候，九九也不推辞，拿起包包，就跟他们疯玩。

对于九九来说，青春同样精彩。但是，在别人看来，九九的青春缺失了什么。

大学毕业之后，九九依然没有恋爱。

有人对九九说，大学里没有谈一场纯洁的恋爱，是最大的遗憾。

九九不置可否，笑了笑，淡淡的，就像她根本没有想过这个问题一样。

有时候，九九会想起玫瑰写给她的赠言：青春转瞬即逝，好好把握，谈一场奋不顾身的恋爱吧！九九想，真的是如此吗？不过，想过之后，还是波澜不惊，未曾在心底掀起一点涟漪。

九九不焦急，她真的不急。她在等待一个对的人。不是骑在白马上的王子，也不是拿着水晶鞋找灰姑娘的王子。她希望能在见到那个人的时候，问一句"是你吗"，然后，两人牵着手在一起。

如果还遇不上那个人，那就慢慢等待吧。

青春不一定要恋爱去衬托。

就像蛋糕上的樱桃。没有了樱桃，蛋糕依然美味。而有了樱桃，就是锦上添花。

九九明白，如果遇不上樱桃，享用一个简单的抹茶蛋糕不也是美好的事情吗？

她只需要在遇到对的人之前，努力使自己成为更好的自己。她知道，在世界的另外一边，她的他，也在等待着她的出现。

不急不急，爱情不过是蛋糕上的樱桃，不必强求。而年华依然美好。

九九喜欢看书，喜欢学习不同的语言。她在一个人的时光里读书学习。

在书本中，她知道了外面的世界很大。在语言中，她产生了看看世界的憧憬。她不急着恋爱，因为她希望留有更多时间给自己，最重要的是她不希望把时间留给一个个不适合的人。

假日，九九会邀上朋友，踩单车踏青，看一年四季的变化。或者，她背上行李，短途也好，长途也罢，不求旅途精彩，只为多看几眼外面。"在路上"，她每次都能发现一个不同的自己。

当别人认为九九在浪费青春的时候，九九却过得非常充实。

没有爱情的青春，依然是多姿多彩的。九九用她的行动告诉所有人。

没有遇到令自己心动的人，为什么就要逼迫着自己心动？九九有时候会对不解的人这么解释。

不少人在差不多的年龄就开始追逐爱情，好像爱情就是他们人生终极目标一样。

经历一场失败恋情，他们会元气大伤，甚至死去活来。

九九笑说，这是他们看了太多电视剧，把生活当做了戏，而他们入戏太深。

的确，遇不到爱情，就乖乖等待。遇到了爱情，就好好谈一场，没有什么大不了的。

而你自己，不管在哪个年龄阶段，都要留一点时间给自己，给自己成长，给自己思考。而不是，一直把时间和精力留给爱情或者追逐爱情。你需要停一停，听一听自己的心声，满足自己的需要。当你能里里外外地照顾好自己，那么你就准备好迎接一场美好的恋情了。

九九的好友阿乐失恋了。

两人一起逛街的时候，阿乐总会看着来往的情侣，幽怨地说着："你看，除了我们，全世界都成双成对了，我们是不是没人要？"

这时候，九九就会淡淡地一笑。

在阿乐看来，九九的情感世界是寡欲的。她希望能拥有九九的坦然，但是她做不到——九九，又有人在追我了。

哦？是吗？

淡淡的回答。

九九，我恋爱了。

炫耀的语气。阿乐拥有了一个男友，似乎拥有了整个世界。

　　我男友很疼我，每天晚上必定会跟我说晚安。甜蜜的语气中，阿乐希望九九会羡慕。

　　但是，九九依然波澜不惊，令阿乐很是气愤。再这样下去，恐怕你就要孤独终身了。又不然，等你不再年轻，就只能找一个条件泛泛的人！阿乐总是气愤于九九对感情的坦然。阿乐不知道为什么生气，她就是见不惯九九如此气定神闲。

　　九九的世界很大，而阿乐，除了谈婚说嫁，她的世界就一无所有了。

　　九九也确实比阿乐优秀。阿乐没有九九的学历，没有她的样貌，没有体面的工作。九九能在人际交往中如鱼得水，能讨论高深的学问，能解决各种问题。这些都是阿乐所不能的。她唯有的能耐，不过是向九九炫耀她丰富的感情经历，那是她在保护自尊心。

　　你的青春是被狗吃了！

　　阿乐这么对九九说。

　　没有，九九不过在遇到对的人之前，不断努力使自己成为更好的人。她身边不乏追求者，但是她找不到一个心意相通的人。当九九不断成长，她就已经配得上更好的人。

　　后来，九九恋爱了。对方是一个英俊优秀的人。在别的女孩子看来，他简直就是一个白马王子。九九不在乎他是不是白马王子，她只知道身边这个人，是与自己心意相通的灵魂伴侣，这就足够了。

　　身边人酸葡萄地说，优秀的白马王子怎么会看上九九？而白马王子则跟九九说，我等待了这么久，上天终于让我幸运地遇上了你。

　　那是九九值得更好的人，如果上天认为她配得上更好的，那么她就需等待，形形色色的人不过是路人，转眼就走。而最好与最适合的，一个就足够。

　　每人都值得一场美好的爱情，但不是每个人都等得起。而等待的本身也是一场爱情，人要做的，莫不是努力，使自己成为更好的人，追赶上他的步伐，直到自己配得上他为止。

　　你要相信，你等待着的人，同样在等待着你的成长。

你想要的一切光阴
都会得到

别急，真实会感动每一个人

停一停，找找你在哪里

你要配得上你等的

坚持敲下去，总有一扇门会为你而开

你曾那么努力过，怎能不坚持

阴天的向日葵依然伫立

有且只有，没有错误的曾经

只有年龄可以不劳而获

别急,真实会感动每一个人

人生如戏,这话真的不假。常有人发出感叹:为什么人要活得那么累,带着一个个面具生活,见人说人话,见鬼说鬼话。

当你在发出这样的感叹的时候,你的面具是带上了还是脱下了?你在面对其他人的时候,是否又是带着一个个的面具,是否仍尝试着见人说人话,见鬼说鬼话?

当然了,你也许会拒绝这样认为。你会告诉别人,你就是不屑于见人那样。如果真的是这样,你放下了脸上的面具了吗?你有在尝试令这个世界变得更加真实吗?

当你在质问别人的时候,请看一看自己是否做到了。

等你真的弃下了衣橱里的皮衣,放下了脸上的面具,或许,你的真实会感动身边每一个人。

小小是一个很真实的女孩。

她是如此的真实,以至于她身边的人,都读不懂她。她从来不会掩饰自己的情绪,不会给自己寻找任何的借口。遇到不高兴的事情,她会直截了当地说,对不起,我不喜欢这样,我不会这样做。

当你有选择的权利，你会发现自己是一个幸运的人。当你发现自己能做出忠于自己的选择，你会由衷地欣赏自己，而其他人，随他们而去吧。

你想看到这个世界多点真实，少点虚假。你希望这个世界变得更加美好，而不是越来越虚伪。

面对爱情，小小也十分真实。她不容易产生一段感情，她对自己说，我不是宁缺毋滥，而是要忠于自己，不会因孤单而选择一个替代品。

真实的小小，又是一个幸运的女孩，她的身边从来不缺少倾慕者。别人问，为什么你不喜欢他呢？他是多少女孩的理想恋人。小小摇头说，他是别的女孩的理想恋人，但不是我的。我为什么要为了满足自己的虚荣心，而跟一个不喜欢的人在一起呢？

小小很真实。真实，需要对自己忠实。

别人说，这样下去，你或许会找不到适合的人。

小小说，不急，不适合的人再多也是没用。

不适合的人，在一起也是没有结局。

小小身边的倾慕者，来了又去，去了又来。别人说，难道你不会错过一个人吗？等你回头，也许发现曾经有那么一个人，是适合着你的。小小说，也许真的会发生这样的事情，如果真的是这样，那她就会去争取。

阴差阳错的事情，还真的发生在了小小的身上。

忠于自己的小小，马上剖析了自己的内心，然后告诉了那位错过了的人。

那人很遗憾地告诉小小,自己已经找到心爱的人了。

小小很失落,但是她没有伤心,只是带着一点淡淡的忧伤。她说,这是每一个经历过错爱的人都会产生的感觉。只是,周围的人替小小可惜。他们说,好不容易喜欢上了一个人,怎么争取了,反而就没有结果了?小小说,不急,不急,没有结局,说明我们不适合,强求不来。

小小依然我行我素。遇到不喜欢的事物,小小依然直截了当地说不喜欢;见到虚假的人,小小继续她的快人快语。小小就这样过着自己的生活,坚持着自己的主张,也坚持着自己的坚持。小小快成别人眼中的顽固石头了,但她就是纹丝不动。

难道小小真的不怕吗?不怕自己的真实灼伤了别人的面具,不怕自己的率真刺痛了别人的眼睛?

别急,真实也许会刺痛那些无法分清面具跟人皮的人,但是真实绝对不会伤害别人,相反,持久的真实,会感动别人,融化自己。也许,习惯伪装的人,会比真实的人更能获得即时回报。不过,请相信,等到时机来了,忠于自我的人,终会获得犹如所罗门宝藏一般的奖赏。

每个人都有迫于无奈的时候,有时候做一个虚伪的人,比做一个坦诚的人更加容易。似乎,真实与虚伪之间,真实的成本更高,代价也更高;而虚伪在轻而易举之间,就能获得肯定和信任。真实看似没有实际的效应,还要冒着损失的风险,在这样的成本与代价之间,人们更容易选择虚伪。就像皇帝新衣中的皇帝,明明就是一件十分好笑的事情,但是国王不愿意花费巨大费用后,还冒着别人说是蠢蛋的危险，声称自己看到"漂亮的衣服"，而其他人同样不愿意承认自己就是愚蠢的人。

真实的小小，也终于等来了自己的爱情。可是，身边的人不明白：那个人就是你所说的适合？他甚至不如你以往的追求者。

小小说，我不知道他是否不如他们，但是他也是一个真实的人，他的真实感动了我，我的真实足以感动到他，那就足够了。

这就是小小，至于其他人懂不懂，又有何相关？只要，她能每天回家的时候，见到一个人为她点亮家里的灯，那就足够了。

她不需要太多，她知道虚伪绝对不能让她从容生活。这也是为什么小小坚持着自己的真实。

她深信，做一个真实的自己，远远比做一个虚伪的自己要幸福和快乐。因为真实是在去除世间上的复杂，而虚伪就是不断地给自己增加生命的重量。去除浮华，看到一个真实面目的世界，是给自己的一份礼物。

真实，真的能感动人。而第一个被感动的，就是你自己。

可是，正因虚伪太多了，真实才显得弥足珍贵。不要再问真实是否重要了，那当然重要。你的真实，会让你在芸芸众生中显得不平庸；你的真实，会让你潇洒；你的真实，会让你更容易找到有着同样珍贵品质的人，毕竟惺惺相惜。

不要再抱怨周边的人虚伪，你首先就要看看，自己是否已经带上一副面具。等你剥开面具，让自己重新呼吸新鲜空气的时候，你会发现，世界没有你想的那么糟糕，至少你已经尝试放下虚伪，做一个真实的人，去感动周围。

停一停，找找你在哪里

不知道从什么时候开始，社会上充斥着各种有关名利欲望的成功，成功典范成为我们追逐的目标。之后的我们，错误地以为把一生投入到重复成功人士走过的路中，就是一种成功，而回报总会在康庄大道上。

我的小表妹是一个幸运的人。她有很多哥哥姐姐，在她的成长之路上，她尝试在这些哥哥姐姐身上找到自己的答案。而有时候我也顺理成章地成为她的问卷人。在大学之前，学习是她的主要问题。大学之后，她的问题变得功利起来。

她会问我，考什么证书，对以后找好工作比较有利。这样的问题，显然我是没有资格回答的。我的大学生涯，大多是躲在图书馆的影片资料室里，在那浩瀚的片源中，一部接着一部地看那远去的黄金时代留下的黑白影像。那时候的我，不注重考证，也不注重参加校园的活动，只是在影片中做一个第三者，去体验别人的生活。

我的遗憾是有的，总觉得在大学时期体验别人的生活太多，自己经历太少。但是，我没有后悔过。如果坐上时光机，让我重新选择，我依然会在影片资料室里度过。在我沉迷的光与影的世界中，我找到了自己的声音。我想拿起笔，记录下渐渐消逝的人与事，给自己和别人构建一个远离尘嚣的世界。

如果我没有让自己熬住寂寞，在那四年之中，我也会跟着别人一起，不停地考证、谈恋爱、玩乐。尽管我也有损失，但是比起来，我宁愿承受起这些损失，也要找到内心的声音。面对小表妹的问题，我尝试让她理解我的选择，我说："与其考证，你不如先停一停，找一找自己想在大学做什么。"

小表妹不解，她认为自己想做什么并不重要，重要的是她应该做什么。她的心，早已经充斥了太多的外加想法，她已经无法掀开蒙在她脸上的那一层面纱，用自己的眼睛去看世界。

后来，她跟她崇拜的一个师姐交上了朋友。师姐随便说，在大学最应该谈一场纯真的恋爱。于是，她开始马不停蹄地物色恋爱对象，展开师姐口中的纯真恋爱。她不是耐不住寂寞，只是人人如此，她不敢不跟风，深怕自己落后了。小表妹就像一个一直抓着别人衣服后面的小孩，跟着别人的脚步走。

怕摔跤怕迷失的人，对眼前诸多的道路视而不见，眼光只局限在成功人士身上。可是，他们走的时候，既心惊胆战，又狭隘了自己。就像去商场买衣服，明明在杂志上看到模特穿得美若天仙，但是自己试穿之后，却相差甚远。这个时候，是跟着杂志最新潮流，还是毅然决然选择与自己身形相符的衣服？多少人还是盲目着自己，即使挨饿也要穿下那些不适合的衣服。

我们读书、看报、看电影、听演讲，就是把其中的成功典范当做模板,幻想着自己是下一个比尔·盖茨、乔布斯。

有一次,我问一个一心想出人头地的男孩,有没有想过自己想要什么。

他说,我就是想要这样。

我问,那等你拥有了这些,你就会觉得人生圆满了吗?你的心怎么办?

他看着我,尝试在我的眼睛中找到昔日那个充满着梦想、还有"自我"的自己,但是很快,他转过了头。他已经找不到了过去的自己了,他说,不知道,等我拥有了想要的物质条件,我才可以再说这些。

我知道他与我的小表妹一样,已经和我渐行渐远了。

当你在不停地追逐那些成功典范的时候,请停一停,找找你自己在哪里。

你是世界上最重要的人,为什么作为自己的你,偏偏在成长的时候,忘掉了自己,努力假装是别人呢?

难道你没有想过你自己吗?难道努力成为一个普通的大众,就是一件没有志向没有人生追求的事情?难道努力成为那个在路边为英雄拍掌的人就一无是处了吗?

多少人在追逐社会标签时,随波逐流,分不清自己。他们需要做的,是停下来,等等已经被丢下的自我,找找自己在哪里。毕竟,只要自我还在,你的人生,不会坏到哪里去。

你要配得上你等的

每个人心中都有一个梦想,每一个人生阶段,都有想要的东西。很多人在期许过后,就忘掉了,转身用一天剩下来的时间,去让自己放松欢乐聊天看剧。脑海中没曾闪过一丝一点要用这些时间去实现自己想要的一切的念头。这样的人,没有东西值得等的。

晶晶在我们眼中,是一个万能女孩。她就像一辆装有发动引擎的汽车一样,总是奔跑在路上。只要她想,没有她做不到的东西。

总有人问她,你是怎么做到这些?

似乎她只要想,就能做到。她突然对做衣服有了兴趣,没过多久,她就告诉我们,她身上的衣服,是她自己做的。她想读MBA,过了一年半载,她说已经考上了。她对一个演讲俱乐部产生了兴趣,就说要试试看能不能加入。当她这么说的时候,我绝对不怀疑,她能进这个门槛很高的演讲俱乐部。后来,她真的就成了其中一员。她真的无所不能。

那些问晶晶为什么能的人,总会得到晶晶一句这样回答——为什么不能？

为什么她不能，为什么你们不能的，为什么别人又能？

而实际上，没有什么是不能的，也没有谁是不能的。如果想要，就要去努力，要自己努力去配上所等的，所期望的、所渴望的。而不只是伸出两只手，双手合在一起放在胸前，对着天空流星许愿。

晶晶不是幸运，她不过是努力。

刚开始，她告诉别人想要做什么的时候，没有人相信她能做到。到了后来，她再说自己要达到什么目标，在她实现之前，别人就已经认为她一定能。

第一次，她破天荒地跟我们说，她希望能加入学校的一个国际志愿者组织。我们大吃了一惊，这个国际大学生志愿者组织是出了名的难进，进去的人都有一种镀了金的优越感。那时候的万能女孩，还只是一个普通的黄毛丫头。身边的人没有相信她能做到的。

不久，我们中所有人都忘记了晶晶的"豪言壮语"。在接下来的聚会中，晶晶总是推说没有时间。后来，她拿着一张证书和一张通知单，告诉我们所有人，她要跟随那个志愿者组织出国体验生活了。当时的我们目瞪口呆，过了很久才反应过来祝贺晶晶。也就是从那个时候开始，我们认为晶晶拥有一种"神力"。

晶晶的无所不能，不是一蹴而就的。她的付出，使得她能够达到今天的位置。为了加入国际志愿者组织，她推掉了一切的玩乐邀约，空闲时间全用来背单词学发音，还在周末时间参加身边的义工组织，增加自己的经验。在胸有成竹的时候，晶晶才去申请志愿者名额。像她这样努力地去碰触自己想要的，她能不成功吗？

晶晶对那些"寻访问药"的人说，如果你想要，那就去做，让自己配得上所等的。

想考取职业资格证？想环游世界体验生活？想说几门流利的外语？想学富五车震住场上的人？那你去读书，去学习，去挣钱，去背诵。不要除了吃饭睡觉工作的时间就躺在沙发上，拿着遥控器不停地换台；不要让自己的青春浪费在看别人的生活上。要知道，别人的生活再怎么精彩纷呈幽默好笑，那也跟你没有一点关系，你最好现在就拿起书本，学习那些你觉得是天书的知识。而一旦你努力，再难的天书也能成为连白目人都能看懂的浅显文字。

晶晶配得上她所等的，是她牺牲了多少才得到的呢？在我们看淘宝、逛街、闲聊的时候，她在读书学习；在我们看电影、看肥皂剧、刷微博、看人人的时候，她在读书学习；在我们沉醉于灯红酒绿觥筹交错的时候，她在读书学习；在我们沉浸于甜言蜜语你侬我侬的时候，她在读书学习。

如果连这样的她，都不能做到自己想要的，还有谁能？还有谁可以？如果一个人希望拥有一定高度，就要摸一下自己的心口，问一问自己的心，到底自己是有多么希望能得到这些。如果你的热情能即刻被水浇灭，如果你的热爱能瞬间被冰封，那还是不要等了，也不要想了，你想要的，真的不会属于你。

了解晶晶的人，知道她没有神力，也不是比我们更幸运，她只是比我们更加值得。

不要想着成功就在门的背后，以为自己做一个梦，第二天打开房门，就见到圣诞老人站在门后面对你说一声：Surprise！你要知道，要了解，要记住，你配得上的东西，还在前方。你想要的东西之所以站得那么高那么远，不是你没有资格，而是你想要的实在太多太好，需要等一等。而你在等的时候，就要努力让自己配得上期望的。

如果你配不上你所等，无他，就是因为你根本不在乎，不渴望，不想要而已。

如果你的动力足够大，那你也能成为一个装有发动引擎的变形金刚，无所不能又坚不可摧。

门后面没有成功，但是你多走几步，多等一下，你就能看到了。

坚持敲下去，总有一扇门会为你而开

如果一个机会就是一扇门，要敲多少扇门，才能迎来机会？

信不信？老天真的就爱笨小孩。

前提是，这个笨小孩必须足够笨，笨到为了想要的东西，不停地敲门，不停地敲门，直到自己双手敲破，直到自己已经不知道敲门是什么感觉为止。当然，老天并没有那么残酷，有时候，在你觉得快要放弃的时候，门就会开了。但是，你必须坚持地敲。

安心就是一个敲门的女孩。

在她二十二岁之前，她一直浑浑噩噩地生活着，没有目的，没有目标，不知道自己想要什么，也不知道梦想是什么。她以为梦想不过是老师问小学生的问题。例如，科学家、画家、警察。安心一直以来，跟着其他人上学升学。成绩过得去，做一个乖乖学生，老师就不会盯着自己不放；即使做错了事，做一个乖乖学生，也更容易获得原谅。

安心明白。所以，她一直隐藏在一个角落，步着别人的步伐，度过她的少少时光。

安心在二十二岁之前，没有多想。

后来，她去看了一场画展。她从小就喜欢画画。虽然是喜欢，但是没有热爱到能让她对父母说，希望自己以后一直画画。她不过在闲来无事的时候，拿着废纸，在纸上画画，画出自己的幻想世界。也有人说她画得好，但是安心不以为然，觉得画的是涂鸦，登不了大雅之堂，就连贴上教室后面的"学习园地"都没有资格。

但是那一次的画展点燃了她对画的热情。

安心想，为何不为自己而画？

就在她准备找一份稳定工作的时候，安心突然对所有人宣布自己，想要当一名服装设计师。她希望自己能拿起画笔，以自己的爱好为职业。众人不解，为什么安心在二十多年后，好像突然有了自由意志，要站起来和全世界对抗呢？

安心平心静气地回答说，我没有要对抗你们。我只是想做自己喜欢做的事情。有梦就要追。自己已经躲在一个角落，过着别人的"二手生活"那么久了，她现在要突然站起来，告诉全世界，她，安心，是一个有想法的人。

朋友说，你只会一点画画，你懂得做衣服吗？你知道怎样开始自己的事业吗？你没有专业知识，没有专业的出身，有哪一家公司愿意要一个没有经验的黄毛丫头？再说，你也没有人脉给自己打通这样的事业道路啊！

安心知道，在她决定以此为自己目标之前，她就知道自己的短处。

但是，安心想，不怕，我足够年轻，我还可以试一试，起码，我浪费了二十二年的时光，我不在乎再浪费二十二年。

没有人赞成安心的决定，但是没有人能阻止安心的步伐。

她报读了一个服装设计班，不是专业的学习班，而是更加类似兴趣的学习班。每天，安心阅读大量有关时尚行业的书籍，她不停地画画。她不断地修改自己的草图，改变自己的思路。她用了一年的时间学习、画画。

终于，她学会了怎样做衣服，怎样设计，怎样在艺术与商业之间，迎合市场的口味。不过，她没有获得别人的认可。

她拿着自己的作品四处去寻找衣服厂商，去寻找设计公司。她遭到了别人一次又一次的拒绝。

当初劝她放弃梦想的人，再次跟她说，既然用一年的时间尝试了，不如就这样放弃了吧。再这样下去，不就是浪费了更多的时间？

安心没有妥协。

她继续寻找着自己的机会。她不停地去敲门。每一次门打开了，里面的人迎她进去，再送她出来。接着，门又在她背后重重地关上了。

她不知道会不会在最后有一扇为她打开。也许没有，也许敲遍了世界上所有的门，没有一扇愿意为她打开。安心想着，就算如此，她还是要敲下去。直到她确定，真的没有一扇门愿意为她而开。到那个时候，她再选择放弃。

真的要如此坚定不移吗？

为了自己的梦想，为了自己曾经付出的努力，再去敲几扇门，那也是值得的。

安心对自己说，敲下，也许到最后我能只敲开一扇窗。不过，老天爱笨小孩。

安心等来了为她打开的门。她走进这扇门之后，自信地介绍着自己的作品，说着对行业的认识。门的主人微笑地望着安心，点了点头。

安心终于如愿以偿了。不过，她知道需要敲开的门还有更多，这不过是其中的一扇。在一扇门之后，还会有另一扇门，她需要打开很多的门，才能迎来自己的广阔天空。

不相信希望的人，总会在第三扇关闭的门之后，放弃了再去敲门，然后给自己一个富丽堂皇的借口：我运气不好，这些门就是不给我开。有没有想过，敲不开的门，是在告诉自己，再敲下去，也许下一扇门更适合你走进去。不过，你不相信。你选择了更容易的路，你转身离去，走进了更容易敲开的那一扇门，然后自我麻痹地说，看，这才是适合我的路，让梦想见鬼去吧，现实更重要。

你说，梦想太遥远，希望太渺茫，放弃了也是适者生存。

可是，你敲了足够多的门了吗？

你曾那么努力过,怎能不坚持

　　每天把你从被窝里叫起来的,不是别的,是梦想。

　　这句话想必早已经烂熟于整个网络。化为的动力,也许推动了不少人。在能梦的时候,做着梦,在清醒的时候,去圆梦,这就是人生的一种圆满。

　　想起高中时,邻桌小雨是一个十分努力,也十分傲慢的女孩。每一次成绩发下来,她总会头斜一边,急欲看我的成绩。事实上,作为班上成绩前几名保持者,她完全可以用一种更高的姿态去对待我的成绩单。毕竟,我永远是班上垫后的几名。

　　小雨在对比分数的落差后,更能找到她存在的价值感,那一刻半刻的优越感令她得意。她从来不会直接问我分数是多少,好像一旦问了,我就成了她的竞争对手,而显然我是没有资格成为她的竞争对手的。反正,每一次在偷瞄完我的分数之后,她总会发出如释重负又不屑一顾的声音,就像从鼻子哼出来的一样。

　　我不置可否,耸耸肩,继续埋头找试卷上的错处。

　　一个优秀,一个努力却平庸着。

　　曾经有人问我,怕不怕努力的东西没有回报?

怕,真的怕。有谁不怕?怕过之后,有谁是准备放弃的?也许,害怕的人早就放弃了,而勇敢的人继续坚持着。为追梦而努力,从来都是勇敢者的游戏。

曾经有人说,自己不会很努力,宁愿把时间浪费在看电视、看动漫、玩游戏、泡酒吧上,也不愿意去努力。他说,他害怕,害怕自己付出了没有成果。

没有成果,那又能怎样?为什么如此害怕付出没有回报?回报是如此重要,以至于忘了过程的愉悦吗?

难道一旦被宣判为没有成果的追梦人,就会被别人五花大绑到城墙上示众吗?努力过了,不能得到,那又怎样?难道你就会为此缺筋少骨吗?

难道宁愿被别人说胆小,也不愿意成为一个尝试者吗?

在别人看来,小雨与我的努力程度是一样的,甚至我比她更努力。在我们学习的时候,小雨总会抽出一些时间去看课外小说,还会对人宣称说,自己回到家之后,从来不学习。好像唯有这么做,才能显示出自己的好成绩不是努力换来的,而是来自她天生的聪明才智一般。

有一段时间,我也十分羡慕这位邻桌,羡慕她不用付出别人的一半努力,就能获得比别人更好的成绩。

不劳而获背后深藏的幸运,也许最能挑动别人的神经吧。

曾经的我也认为,付出的努力没有回报,是一件非常羞辱的事情。后来,我看到不少的人,靠着自己的坚持与努力,而不是依仗绝顶天赋,去达到自己想要触及的高度,才幡然醒悟——努力的人比聪明的人更值得尊敬。

　　努力的人，是勇敢者，也是冒险家。前路漫漫，未知充斥着前方，但他们依然不管不顾。只为了让自己不遗憾、不后悔，而付出全部的努力，去开拓属于自己的一片天空。他们比聪明的人、幸运的人更值得尊敬，他们能为人之所不为，并贵在十年如一日的坚持，还将此视为乐事。

　　后来，偶然的机会，让我知道小雨付出的努力，比我们想象中多得多。

　　在睡眠都是奢侈品的时期，傲慢女孩宁愿每天只睡两个小时，去背英语单词、数学公式。她的努力就像一个小偷一样，无声无息，不能为人所知。

　　她不过是不愿意承认自己需要付出比别人多的努力，才能获得现在的成绩。她宁愿别人赞颂自己的聪明，也不愿意别人赞扬她的努力。

　　世界上的天才很少，而拥有运气的天才，犹如凤毛麟角。没有付出努力，而妄想着获得成功，简直就是空中楼阁。

　　为了梦想，怎样也需要付出努力；为了实现的那一天，怎样都要坚持下去。当你等到了那一天，再回头，也许就会发现，实现了的事情，不是终极的目标，努力却不断地坚持，只为了对得住最好的自己。

　　当我知道同桌的秘密后，就不再迷恋"靠天赋就能成功"的神话，毕竟，我要对得起自己的努力。如果可以，如果有机会，你应该大大方方地告诉别人，为了达到今天的成就，曾经的你是多么的努力。也许你没有更好的运气,没有绝顶的天赋,但是你有着坚持的意志,你自己在未知的道路上,一步一个脚印,慢慢地向上爬,不放弃任何一个微小的机会,坚持为自己喜欢的事情付出,做一个值得尊敬的人。

梦,有时候是一种沉重的负担。特别是当你求之不得的时候,梦就成为生活的锁链。但是梦,永远比负担还要有推进的动力。

一个人在得不到回报之后,会知道失败的痛楚。而当他质疑自己付出时,就是促使他变得更好的时刻。

阴天的向日葵依然伫立

不管过去、现在与未来如何,日子仍在继续着。也许,一转眼,物是人非。总想抓住什么,可是,一伸手,很多时候,什么也抓不住。

匆匆来过,剩下什么?

我们需要努力活着,就算百年之后,没有人知道我们,我们也需要在此时此刻活出自我,就像阴天的向日葵,矗立依然。不为什么,就为了能有那种面对阴雨依然微笑的姿态。而这,就是活着的姿态。

不过,这样的姿态,需要修炼。

身边朋友思聪,好像是"心理不平衡综合征"患者,常常在夜里打电话过来,诉说他的不忿。一次,我在半夜三更又接到思聪的电话,他带着哭腔,声音有点沙哑,显然又经历着失眠之夜。他说,跟我一起长大的阿树能这么轻而易举地成功,还不是靠着他的爸爸。如果我们的起跑线一致,现在的他一定是在我的后面!

思聪啊,那又怎样呢? 如果你们起跑线一样,你就能确保冲到终点的人,是你不是他吗?

如果你没有办法跟那些天生条件比你优越的人比,那就跟你条件差不多的人比。你比他们付出更多的努力了吗?你在雨天没有伞的时候,是奔跑,还是孤独地渴望着别人给你送伞?

身边的人,在读书时期结束之后,有的步入婚姻殿堂,有的出国留学移民,有的读研读博,有的找到高薪工作……每个人看上去都是照着自己理想中的样子丰富又幸福地生活着,就算忙碌,也能流露出一种充实感。独独剩下一个自己,在平凡的生活中,挣扎着给自己加上有趣的戏码,调剂着那凉白开一般的生活。有时候回想,就在几年前,你踏进了二十岁,一切看起来充满着希望,未来也充满着光明。你重新拥有了像小孩子憧憬理想般的动力。可是,日子慢慢过去,时光在挥洒,你逐渐习惯了仰望别人。

我了解这在半夜三更打来电话的人,我跟他说,不要想着过去,你应该想着现在就去打败他,你还年轻,不是还有很多机会吗?

可是,我没有他那样的资本,我起码要努力十年,才能达到他的今天的高度……他不断在电话里述说着、埋怨着,好像拿着电话另一端的我,是一个全能的许愿仙子,能在听完他这通电话后,挥一挥神仙棒,让世界变得"更加公平"。

我不是,即使我是,也不会这样做。我直截了当地打断了他,说,其实,你不过是羡慕嫉妒恨。你的嫉妒,让你的生活痛苦。为什么不把你的嫉妒转化为向上的力量?

与其自怨自艾着生活的不公，为什么不尝试学向日葵，在阴天也绽放笑脸。名为太阳之花的向日葵，理所当然地一生下来吸收着阳光的关爱。不过，即使如此，难道太阳之花在阴天，就有理由让自己凋零吗？

思聪在那端沉默了下去。我耐着心，等着他。许久，思聪说，上个月，人事调动，我跟错了主，被炒了。前两个月大吃大喝，这个月连交房租的钱，都没法拿出来。老旧剧情，被房东赶了出来，现在我窝在朋友家的沙发上，已经有一个月了，很是落寞。

我知道思聪不是一个不愿意努力的人，但有时候老天就爱开玩笑，偏要捉弄一下人，思聪就成了靶子。

那你明天马上收拾收拾，离开那张沙发，再落寞也要有姿态，不要任由自己颓废。

我能到哪里去呢？

天大地大，你又年轻力壮的，只求一个管吃住的地方，难吗？

思聪是高材生，毕业后运气不佳，遇人不淑，但是我相信他总有能力给自己撑出一片天。他需要的，不是他口中阿树的先天运气，而是一种姿态，那种在阴天也依然坚挺的向日葵姿态。

后来的思聪奋发起来，不再窝在朋友的沙发上，他做了一份连应届生也不屑做的工作。不过每次见到他，他的衣服依旧整齐，发型也时尚，说话彬彬有礼，举手投足中有一股气度。看他的样子，没有人猜得到他的境遇。思聪有着一种姿态，而拥有这种姿态的人，不会一直都是坏运气。

　　他告诉我，在那一晚后，他痛定思痛，不要再颓废下去，至少给自己保持一种风度，保护好最后的"颜面"。

　　晴天人人都爱，阴雨天人人愁眉苦脸。生活起起伏伏，高高低低，一个接着一个的坎，一个推着一个的波浪，没有停止没有停歇。一旦停下来，也许生命的终点也就将近了。曾经在一个采访节目中，看到一个优雅又宁静的老太太坐在长椅上，她说话不紧不慢，没有高低起伏，却有着让人平静的力量。她说，人生本应有高低起伏，而你的高低起伏大，说明你就是一个幸运的人。

　　顿时幡然醒悟，我恨不得站起来为她鼓掌。这样的老太太是经历了怎样的人生，才能有此番的总结？而她这句话的智慧，比得上读一本好书。一帆风顺的人生，绝对不是幸运的人生，那是上帝不愿理睬你的人生。即便你现在是低谷，不要气馁，站起来抖动一下自己的生活，让自己拥有在阴雨天微笑的姿态。

　　请永远记住，人生本应有高低起伏，而你的高低起伏大，说明你就是一个幸运的人。

　　你要有向日葵在阴天的坚持，才能配得上看到阳光的灿烂。

有且只有，没有错误的曾经

暮然回首，总能让人百感交集。

也许，是曾经的那一份情，让自己放不下，希望回到曾经，扭转一切，重新来过，至少这一次，你能保证自己不再伤害任何人。回到过去，或许能告诉他，自己有多么珍惜他的情谊。你我依依不舍，悔恨着不能回到过去。那些依依不舍的，可能是一个曾经的温暖怀抱，一个甜美的微笑，一个温馨的招呼……不管是什么，总让你我牵挂万分。

阿果总是悔恨自己的过去。

一直以来，阿果都是一个乖乖牌的小女孩。后来，在高考那一年，她喜欢上一个男孩。表白之后，男孩递给阿果一颗白兔糖。男孩说，她就是这颗白兔糖，虽然甜，但就像一个乖乖的小白兔，吃久了会觉得乏味。

阿果说，我不是白兔糖，我也可以有趣！

她不再学习，开始逃课，顶撞老师，像放弃学业一样放弃了自己。在别人看来，阿果的转变简直是不可思议，不过阿果知道自己要做什么。她要想方设法证明自己不是除了乖就什么都没有的女孩。她也可以叛逆、有趣、敢作敢为！她之所以这么做，不过是为了获得男孩的关注。

当她的成绩不断下降，当她已经成为老师和家长眼中的"坏孩子"，当她已经变成同学口里的"坏影响"的时候，她依然没有得到男孩的关注。男孩已经跟别的女孩在一起了。而那个女孩却跟以前的阿果一样，是一个乖乖的小白兔。

阿果不明白，为什么当她努力变成别人期待的样子的时候，反而遭受了别人的抛弃？她希望一切重来，不再依附于别人的想法。当她意识到这一点的时候，一切似乎又迟了。她荒废的学业，已经没有时间去跟上了。最后，她只能带着失意与大学擦肩而过。

每天晚上，阿果都在不停悔恨着自己。她希望时间可以倒流，希望当时的自己成熟地面对男孩的言语，而不是逼迫自己变成今日的人。

无数次，她躲在被子里，偷偷地啜泣着。她不断回想着过去的时光，憎恨着自己为什么喜欢上那个男孩。她告诉自己，曾经的一切不过是个错误。

没有错误的曾经，只有错误的选择。

总有很多的放不下。人就是在过去中成为自己，也许是成就，也许是造就。不过，曾经与记忆，定义了今天的我们。这是我们无法否定的可怕事实。

是的，这是可怕的事实。除非你足够真诚，在曾经之中，未曾违背过自己的意愿，那么今天的你，就是过去的你希望成为的人。但是，有多少人能幸运地做到呢？谈起"曾经"，有多少人会黯然泪下，不愿提及。又有多少人，能满怀欢笑，笑说过去？淡然面对过往一切的人，一定是那些已经从容到一定境界的人。

多少人会跟自己说，曾经是一个错误，曾经的自己也是一个错误。大概没有多少人，会带着几分自省回望过去。大多数的你我，不过会带着遗憾，告诉自己，曾经的自己，错过了多少的美好，与多少欢乐擦肩而过，失去了多少的尝试机会。很少有人能够对着自己说，在过往，自己做错了什么事情，给自己留下了无法弥补的过错。

阿果在曾经中做出了错误的选择，成为了今天的她。她讨厌曾经的自己，悔恨着一切，却不知道再多的悔恨也是于事无补，那只会影响自己现在的步伐。

也许，曾经总是令人恋恋不舍。真正放下曾经的人，一定是拥有了大彻大悟之后的大智慧。如果曾经不能回去，你我又是愚笨之人，为什么就要妥协于曾经，承认曾经的错误？

不去承认曾经的错误，是放下对曾经的执著，云淡风轻地看待一切，然后修正自己的道路，不要再偏离一丝一毫，直到自己能坦然地说，自己的过去没有错误，每一点一滴的过往，都是今天的必然。

阿果没有明白这个道理，她用了三年的时候去憎恨过去的自己与过去的人。在三年后，她依然活在过去的阴影中。她也想着放下过去，迎接新的明天。但她就是无法释怀。她用今天的时间，去后悔过去。

在她工作之后,她表面上已经放下了过往,但心中仍然有一根刺。这根刺扎在她心口,稍微一动,就能感觉到它的刺痛。这根刺提醒着她,她本可以有更美好的未来,她本可以有更多的机会,有一份优秀的简历,有一份更加体面的工作,而不是像现在这样惶惶不可终日,一天又一天地虚度光阴。

如果错误的选择已经做出了,为什么不挺起胸膛重新出发?

曾经已经过去,今天还没有结束,未来还在明天。

无论过去是辉煌还是暗淡,一切都已经成为桥下的流水,逝者已矣,无法重来。再多留恋,不过让自己困在过去之中。

而今天,你还可以好好把握。你可以好好体验今天的阳光雨水,看看周围的美景。而今天得到的,就是你的财富。

改变也是如此。唯一能做出改变的时机,就是今天,就是现在。如果过去的自己,做了什么事让现在的自己无法释怀,那就让今天的自己,让未来的自己开心地微笑吧。

曾经没有错误,只有不断地修正。

只有年龄可以不劳而获

岁月是最大的神偷。偷走了时光,偷走了过去,偷走了人,偷走了事,剩下一个空壳。而人还不能停下来好好休息一下,因为后来的年轮一圈又一圈地驱赶着,稍不留神,人就会被卷进去。

小茹不是一个有计划的人。即使做出了计划,她也不过在头一天踌躇满志,第二天忘到了九霄云外。

有些人生来就不习惯写计划,而有些人以为自己不是一个有计划的人,却一直按着计划生活,自己却不自知。

小茹知道自己不是有计划的人,她从来不给自己写计划,就算写过计划,那也是很久很久以前的事,或者是读书年代老师硬要他们写的计划。

不过,小茹在收拾自己书柜的时候,发现了五年前写下的已经发黄的计划书。小茹看到第一条就已经笑了出来——争取三年后,出国留学。

计划写的是三年后,而五年后的她依然在原来地方。

无论怎样,想象中的自己,与现实中的自己,总有一些距离的吧?

期许中的自己,总是高大上,或者拥有电影里一般的美好情节,幸福地生活着。多少人不自知却习惯性地把自己光鲜的一面,放大给别人看?

而你我也在这平凡的生活里,尽量寻找着闪光点,就连换一件新衣服、吃一顿丰盛晚宴,也恨不得人尽皆知。

这就是我们,可悲渺小地生活着,又期待着那么一点的闪光灯能停留在自己身上,哪怕片刻也好。漫漫一生,也许,就是在这种欲说还羞的公开与隐私之间,挑逗着自己生活。

一转身,人人都知道自己的生活乏味得一点不剩,只有那可恨的年龄,能日日月月如影随形。

五年来,小茹基本上没有换过地方。她毕业之后,选择回到家里,与父母一起住。这是她五年前,也就是她二十二岁那年的圣诞夜写下的计划。那时的她快要大学毕业,憧憬着自己的未来,幻想着自己能有机会在国外度过一个气氛浓郁的圣诞节,而不是像现在这样,孤独地待在家里,过着没有激情的节日。死水一般的生活,是小茹最为鄙弃的,那时的她正是过着乏味的生活。

五年之后,排在第一位的计划,依然没有实现,小茹一下子觉得自己停滞在了五年前。

也许,这就是为什么有些人不做计划。那是害怕发现自己即使做了计划,依然没有改变,无论时间过了多久,年龄增长了多少,还是停顿在做计划之时——没有改变。

计划上的其他几条,小茹也没有达到。心中有一种惆怅腾升起来,笼罩着小茹。她不免觉得失落与悲哀,这种悲哀不知道是为自己,还是为岁月。

除了年龄,还能剩下什么?

多少人像小茹这样,回望过去的憧憬,只能剩下一丝丝的落幕与悲伤。究竟是岁月谋杀了你,还是你谋杀了岁月?纠缠不清,就是那个最愚蠢的人。有多少人能在回望过去时,无愧于心且大大声声地说出,我喜爱现在的自己?而有多少人是在空悲切中,怨天尤人:你知道,我原本可以出人头地,我原本可以衣锦还乡,我原本可以丰富多彩。

可是,终归没有。

你我不过是一蝼蚁。这不是运气,这是宿命。可悲的是,到现在,还有多少人不清不醒,埋怨着运气不好,时运不济。多少人能意识到,当初的自己,根本没有奋斗努力过?

小茹看到镜子中的自己,已经没有曾经的稚嫩,至少她能圆滑面对一些不怀好意的人。但是除了踏进社会的必然老练之外,小茹觉得自己没有任何的变化。至少,五年前的她是不会希望见到这样的她的。曾经的期许,像崩塌的大楼一样,瞬间消失不见。

未来是让人犹疑不前的抽象名词,不需要动力,未来的一天终会到来。身上的岁月变化,也是慢慢增加。要想不后悔,不是给现在的自己做好计划,而是珍惜现在,用自己的力量去赢得想要的东西。

从自己身上找到动力,相信自己,那股强大的力量,就源于自己。抖一抖,你又是另外一个自己。想要的,不一定是要在三年、五年后才能得到,也许十年、二十年也可以,问题是你付出了多少去赢得年龄之外的赞赏?

小茹没有过上自己想要的生活,是因为她让生活主宰了自己,而不是自己驾驭着生活。每天,像无根浮萍一样,任由河水飘荡着,怎么能去到想到达的地方?她或许应该在写下计划之后,抛下计划,然后用努力去完成目标,而不是在计划上规定日期,让这个日期变得遥不可及。

到了那个时候,你即使不是笑傲群雄,也不会带着惆怅回望过去。

接纳自己，
你没必要去包容那么多

抱抱自己，至少影子还陪在身边呢

只要心还跳着，管它世界天崩地裂

灵魂安静了，才能发现花绿世界里依然纯净的情感

伤疤才是独一无二的纹身

打了第100场败仗，那就发动第101次进攻

疯狂的龙卷风，其实风眼很温柔

只有甜味的人生最不甜

你最大的成就，是让自己幸福起来

抱抱自己，至少影子还陪在身边呢

叶晴是一个性格坚强的姑娘，在我们这群人当中，算是最独立的女孩子。她虽然脾气温婉，看似弱不禁风，但是却敢于挑战。

例如，刚刚毕业的叶晴，没有像其他同学那样匆忙地寻找工作，而是做起了背包客，在不同城市之间辗转。

一年以后，我从其他朋友那里知道，结束旅游的叶晴已经在一个城市驻足，并在那里工作。常理来说，家境良好又是独生女的叶晴，会依从父母的安排，在她成长的城市工作而后安家。

即便不是如此，以她的资质，也能轻松找到一份好工作，稳定下来。在各个城市生活了一段时间后，她选择了一个自己最喜欢的城市落脚。

对于叶晴的生活，我感慨很多。一个女孩子若是能够在年轻的时候看看外面的世界，充实自己，让那些经历沉淀，而后变得优雅，那的确很好。然而，生活是艰辛的，任凭你多潇洒，在一个陌生城市生活，小小的感冒发烧头痛，都不能一呼即应，什么也要掂量过才敢想。叶晴再是坚强，也只是一介女子，完全没有忧虑，那是假话。

一次，朋友邀约，说叶晴正好在我们这个城市出差，大家为她举办聚会。我想到很久没有见到叶晴了，于是便同意了。

聚会那天，我在酒店看到叶晴，她似乎有了很大改变，且不说样貌，单说身上的那种气质，也是如此耀眼。

我本就非常欣赏叶晴，便同她坐在了一起，向她询问是否安好。

我告诉叶晴，自己非常羡慕她的生活，觉得她非常有勇气。

叶晴笑笑说，其实，大家都只是看到了其中一面，很多人都告诉我，他们羡慕我的生活，可是，他们根本没有看到我在其中的辛酸。

我问她，我看你的微博或者微信中都非常快乐啊。

叶晴说，那只是表象罢了，没有人透过浮华去看事情的本质。

叶晴告诉我，她最初做这个决定的时候，家人毅然反对。为了能够逼迫她回家，家人不但冻结了她的银行卡，还向其他亲人叮嘱，不准他们资助自己。

最初，需要生活费的她不得不向朋友们借一部分钱。朋友们虽然是借钱给自己了，但是免不了"教训"自己一番。她们都劝她，何必为了这点事情同家人关系僵化，将来有时间再出门就可以了。

叶晴没有解释。将来有时间？若是定下工作就会定下自己的生活，那将来哪还会有时间？她只不过不想让自己的青春白白浪费，只是希望在自己有生之年能够去看看不同事物，再选择一座城，以便给将来留一个回忆。

可是，没有人理解自己，不论是自己的父母还是自己的朋友，他们统统认为自己在胡闹。

叶晴虽然看到了眼前的美景，可是有时候也会忧伤，因为没有人同自己分享。

叶晴总是在外地辗转，没有固定的工作，因此，不得不兼职多份工作。其中一份，便是兼职编辑，负责处理文稿。

叶晴在网络中认识了很多喜欢文学的人，大家没事的时候会聊一聊梦想和经历。其中，她同两个写手关系最为密切。

一次，她单枪匹马同出版商洽谈稿费。她认为，很多时候，做人需要圆滑，还稍稍向出版商送了些礼，希望能够尽快完成书稿审定等事情。

但是，人心隔肚皮，初入社会的叶晴怎么会明白社会上那些险恶的事情呢？后来，这个拿到书稿的出版商在付稿费的前一天消失了。为此，她不得不提前发布了那些小说，还要给作者解释。万幸的是，虽然书稿没有出版，但作者还能通过其他渠道出版书稿，便也没有太追究叶晴的过错。不过，叶晴还是要承担一部分的损失。

当时的叶晴虽然有一部分存款，但是也不够支付两个人一万多块的赔偿。她也想第一时间向家人求助，但那就意味着自己必须回家。后来，叶晴为了能够还清费用，不得不向一些关系不错的朋友借钱。朋友们都在指责她冒失，指责她不懂得看人。

　　谁都没有想到她的伤心，她才是那个最难过的人。

　　我未曾想过，原来这个女孩有过这样的坚持。

　　其实，我们应该明白，我们不可能一生都守在亲人身边，接受亲人的照顾。好在我们也有很多知心好友，他们会在我们需要的时候挺身而出，帮助我们渡过难关。

　　明明很难过却没有人理解，那种在人群中迸发的孤独会让人手足无措。

　　叶晴一个人在黑夜里独自安慰自己：不要怪身边的人，不要气馁，一定要坚持自己的梦想，否则，之前的奋斗全部都化为泡影了。

　　很多时候，叶晴不想接家人或者朋友的电话，他们都说相似的话，就是想让自己回去。叶晴知道，回去容易，但她将再也没有这种机会了。

　　她经常一个人哭泣，觉得自己无比孤独，但是，有时候觉得必须相信自己。若是太难过了，她还会为自己做一顿美餐，犒劳自己，告诉自己，就算全世界都放弃了自己，还有影子陪着自己。

　　没有谁有义务去照顾你、关心你，每一个人都有自己的事情。所以，不是所有人都理解你，即便可以理解你，也无法真正明白你在想什么。

　　既然如此，那就抱着自己吧，没有必要去理会外界的一切。

　　若是可以，也能去效仿古人，举杯邀明月，对影成三人。那样，寂寞就不可怕了吧。

只要心还跳着,管它世界天崩地裂

我一直在思考,打败自己的到底是什么,是面对的困难,还是内心的软弱?前些日子,无意中看《大长今》,里面一句话让我有很大的触动。长今说,所有的疾病都是从脆弱的心开始的,能够治疗的人只有自己。

疾病尚且如此,那么人生呢?是否所有的失败也同心灵有很大的关系?因为心灵脆弱,无法面对困难或者失意,因此,才会让自己无法挣脱失败的束缚?

考上重点大学的安臣选择了石油专业,毋庸置疑,这是一个非常热门的专业。而且,成绩一直优秀的他在毕业时顺利同山东一家石油公司签订了合同。

可是,安臣说,当时他只是陪同朋友去面试,并非真的想去工作。他其实想继续深造,并且也在为考取研究生做准备。

令安臣没有想到的是,那么激烈的竞争中,他成了幸运儿,在三百多名应聘者中成为唯一的一位。家人希望安臣放弃考研选择工作。的确,如今的就业压力逐渐增大,谁都无法预计几年后的就业形势。

安臣动摇了，同意去山东的公司工作，不过，他也没有放弃考研。他曾想，若是考研失败了，他就安心工作。

收到考研结果时，安臣犹豫了，他考上了，还是最理想的学校。然而，他的工作已经步入正轨，他陷入两难之中。在家人的劝说下，安臣忍痛放弃了上学的机会。

对于安臣来说，放弃进修一直是自己的遗憾，于是，他在第二年再次准备考研，他想，若是这次还能通过考试，他就放弃工作，为自己的梦想而战。

最终，安臣如愿以偿，再次考取了那所学校的研究生。坚持梦想的安臣毅然辞去了工作，到北京继续深造。

可是，人生总是存在变故。安臣研究生毕业后，竟然迎来了排山倒海的就业压力，他甚至无法进入以前的公司工作。他也曾到各家公司去面试，但是，社会发展的速度是如此之快，安臣面试屡屡碰壁。其实，也有很多小公司愿意录用安臣，但是，他不想在小地方埋没自己的梦想。他突然发现自己无法找到实现价值的地方。

家人总是抱怨他若是当初没有放弃自己的工作，今天就不会面对这样的问题。

终于，安臣无法忍受家人的抱怨，只好选择到一家小型公司任职。但是，三个月后，他果断离开了。他实在不想同那些人一样，无所事事，度日如年。

可是，安臣迷茫了。当初想进修是为了能够拥有更好的就业机会，发光发热；现在，一切都显得那么失败，一连几个月，安臣都没有找到合适的工作。

安臣屡屡感叹自己机遇不佳。

诚然，我们的确不完美，我们有很多未知的事情。因此，无论在生活还是工作中，我们肯定会受到很多的指责，会遭到很多人的挑剔，我们可能会有各种失意，甚至，我们也许处在人生的低谷，自己都想否定自己，所有的梦想都化作了泡影，所有的努力都付之东流，我们迷失在人生的道路上，找不到自己的价值。这时候，我们难免会觉得，世界完全风云变色，甚至分崩离析了。

不过，幸好安臣没有妥协，他坚信，是金子总会发光的。他无视了来自亲朋好友的指责和叹息，坚持等待自己的机会。

为了能够解决生活问题，安臣先是找了一份兼职，并利用空余时间研究各个公司的发展动向以及前景。北京是一个快节奏的城市，安臣的工作只能够维持他基本生活所需。即便如此，安臣依然拒绝了家人安排的工作。

最后，做足准备的安臣顺利进入了一家大型跨国公司。半年之后，他升职为经理，并经常到国外出差，可谓事业有成。

安臣说，他最大的成功不是拥有这份工作，而是在困境中依然有那份斗志。不管外界再怎样风雨飘摇，他都没有放弃过自己，放弃过心中的梦想。

他说，自己是自己人生的决定者。成功与否，拥有怎样的人生，都取决于自己在困难中是否还有一颗"跳动"的心，一颗不曾放弃的心。

只要心还在，只要你还没有放弃这个世界，没有放弃自己，那么，有什么不能重新再来的呢？世界那么大，怎么会没有自己的容身之处呢？我们依然可以收拾行装重新出发，总有一个地方可以让我们实现自己的价值。

只要你还在努力，还在坚持，还有一颗继续奋斗的心，那么，所有的坏事情都有解决的时候，所有的厄运都有结束的时候，总有一天，你会迎来人生最为辉煌精彩的一刻。

坚信心中的希望，便不用恐惧这一切。心中存在阳光，便可以不用理会外界的风雨。

灵魂安静了，
才能发现花绿世界里依然纯净的情感

　　我们总是依据表象，依据我们看到的或者是听到的去评价事物或者情感，灵魂的躁动让我们闭起了双眼，根本注意不到在物欲横流的世界中其实还存在着真诚的东西、纯净的情感。

　　我们否认了世界的真善美。

　　所以，当我们对这个世界失望的时候，不妨先去审视一下自己，看自己的灵魂是否在躁动，是否被那些浮华的东西包围了，是否被愤怒击昏了头。

　　马小磊曾说，这个世界充满了金钱的诱惑，那些所谓的真挚情感都已消失不见。

　　那个时候的他刚刚被家人从传销窝点解救出来。他怎么也没有想到，将他骗到这里的是他从小一起玩到大的朋友，他跟他十年的情谊，抵不过一场金钱的交易。

　　马小磊看着那个朋友，什么都没有说。他不在乎那笔钱，但是，十年的情谊就这么破裂了，他的心只有说不出来的疼。

　　跟我们聚会的时候，马小磊说，相对于情感，他更相信金钱。

那个时候，他的第一份工作是向一个亲戚送了几万块钱才获得的。

他说，他这一生就这样黯然了，他再也不认同这个花绿的世界。

对于马小磊的经历，我们无法去评定什么，因为，自始至终，他都是那个受到伤害的人。

可是，鱼说，这个世界还是存在真情实意的。

对此，马小磊将社会的丑相一一列举：现在路边有人摔倒了都不敢伸手去帮忙；就连一些高官看望孤寡老人的照片都可以合成，他们做这些不过是为仕途铺路；此外，还有很多有血缘之亲的人会为家产反目成仇……这个世界，要我用什么去相信真善美？

鱼摇了摇头说，你太偏激了，你看到的只是这个世界的一面。倘若你能够放下这些偏见，用心去发现，其实，生活还是存在真情实意的。现在的你已经被物质扰乱，让自己的内心躁动了。虽然，我们身边有很多为了金钱、利益而出卖良心的人，不过，世间还是善良的人多，只是需要你心平气和地去发现。

可是，马小雷摇摇头说，他不信这个世界。

我们看着鱼和马小磊在这里争吵，谁都没插话，因为对于这个问题，大家都有不同程度的疑惑。

鱼说，我就遇到过真正善良的人。而后，她讲述了一个出差时碰到的事情。

第一次到外地出差的鱼根本不知道火车站是个非常危险的

地方，必须时刻看好自己的包。那时，提着电脑的鱼非常大意地将身上的跨包背在了身后。过了一段时间，她觉得什么掉了，回头一看，是自己的眼影，再仔细一查自己的挎包，上面居然被割开了一个口子！

鱼急忙打开包，里面的钱包没有了，手机也不见了。当时的鱼没有钱、没有银行卡也没有身份证，更无法联系任何一个朋友或者亲人来帮助自己。

鱼说，当时，她绝望得只想大哭一顿，她也真这么做了。一个人抱着电脑蹲在马路上不停地掉眼泪。

一位路过的三十多岁的大姐问她，姑娘，你一个人在这哭什么？

鱼哭着断断续续地讲述了一下自己的遭遇。这个时候，很多人都围上来，七嘴八舌地说，要不去警局报警吧；你先锁定自己的银行卡吧；看能不能联系你的家人还是朋友。

那个最初问话的大姐什么都没有说，直接从自己的钱包里掏出一百块钱。她告诉鱼，现在去火车站买票，顺便给自己买点吃的，以后女孩子一个人出门一定要小心。

还没有等鱼反应过来，这位大姐就将钱塞到了鱼的手中，然后消失在人流之中。鱼看着手里的钱，她没有想到会有人在这个时候向她伸出援助之手，她甚至连谢谢都忘记说了。

鱼说，如今，她甚至都记不起那个大姐的样貌，但是，也就是从那个时刻开始，她相信世间存在纯净的情感，存在真善。

这个世界是浮华的，因此我们也是躁动的。

然而,躁动的心又怎么能透过现象看到本质呢? 太过于注重外在的形式或者东西,内心已然没有了那份宁静,更不能感知这浮华世界中纯净的感情。

人心终究是善良的,只是人们的双眼以及灵魂都忽视了这一切。

有这么一句诗,你一定听到过:黑夜给了我黑色的眼睛,我却用它来寻找光明。

可见,无论是光明还是存在于这个世界的美好,都是需要寻找的。前提,你需要一双眼睛或者是一个沉静的灵魂。

不过,马小磊听完鱼的故事后不屑一顾,他说,你只是偶然遇到了一个好人罢了。

这场争论最后也没有结果。在我看来,马小磊已经完全否定了这个世界,若是不亲身经历,或许,他会一直持有这样的想法。

再见到马小磊时,马小磊告诉我,他开始认同鱼的话了。

我对于他的改变觉得非常惊讶,便问是什么让他再次相信这个世界。

他笑着说,是自己平静下来的内心。

一次,马小磊无意中走进了一条残破的小胡同,他看到一个老人在喂养一大群流浪猫。那些猫咪看到他时都惊恐地到处乱窜。老人笑着说,这些猫害怕生人。马小磊退远了一些,就看到老人喊了些什么,那些猫再度回到他身边,即便不吃东西也安心地躺在他的脚下。

　　自此，马小磊经常会去那个地方，有时候也会帮忙，看着那些流浪猫在老人的脚下的安定神情。那些猫咪渐渐同他熟悉起来，甚至有些会在他走的时候送他。

　　老人告诉他，那些猫曾经被人类伤害过，但是却依然可以原谅人类，再次相信你。

　　马小磊突然感觉到了生命的美好，内心也变得宁静。回想之前的经历，也没有那么愤怒了。

　　马小磊说，是躁动的心让自己无视了这个世界的美好。动物尚且能够做到原谅，人为什么做不到呢？

　　马小磊的改变让我突然释然，的确，世界并非如我们想象中那样丑恶。

　　人特别容易迷失自己，尤其在这个物欲横流的世界。衡量的标准已经在我们不知不觉中发生变化，即便我们可以宣称不是看中物质、不是看中金钱，但是，我们还是在无意识中优先考虑这一些。

　　无论是选择工作还是选择朋友或者是选择爱情，人总是优先考虑外在的东西。工作优先考虑工资而非发展前途，朋友优先考虑能力而非人品，而爱情则优先考虑物质条件。

　　即便我们否定这些，我们告诉自己这些都不重要，可是，因为社会的大环境，我们还是期望有一份高薪的工作，有一群体面而能力好的朋友，有一个属于"潜力股"的爱人。

　　因此，不要去抱怨自己的生活是有多么糟糕，这个世界有多么黑暗。选一个空闲的时间，找一个寂静的地方，听一段舒缓的音乐，让自己平静下来，不在乎物质，不在乎得失，等你真正淡然了，就会原谅之前那些人对你的伤害。

依然会有人为那些真正需要帮助的人提供援助之手，依然会有人不在乎得失地去做自己力所能及的事情。

那些真挚的情感，不是不在，只是，你从未发现而已。

伤疤才是独一无二的纹身

思绵的右眼下有一个十字型的伤疤,非常醒目。她化着精致的妆,但是依然无法掩饰疤痕的存在。

很多人在经过她身旁的时候,会有意无意地多看她两眼。她脸上却依然写满了自信。

偶尔,抬头同一些人的目光相遇,她还会友善地笑笑,让别人觉察到自己的失礼。

我被思绵身上的那种自信深深打动了,甚至觉得她脸上的那道疤痕有着无法言语的美丽。

同思绵熟悉了后,乐观开朗的她告诉我,其实,最初,她没有这样的自信。

一次车祸使她脸上留下了伤疤。曾经,她也想过去整容,但是,当时根本拿不出足够的手术费,便只能放弃。

可是,当她回到公司上班后,那些预想中的事情发生了。有些人会偷看她脸上的伤疤,也有人会窃窃私语。久而久之,她觉得所有人都在用异样的目光看待她。而且,那些容貌姣好的新进员工甚至比她提前得到晋升机会。

思绵变得越来越自卑，不但不敢同陌生人交流，就连熟悉的人也渐渐疏远。后来，她辞去了工作。

思绵开始不敢出门，最后甚至发展到不完全将伤疤掩盖住就不想见人的地步。

其实，疤痕不是丑陋的代表，反而是一种人生"英雄"的勋章，它代表着一个人的坚强。

每个人身上，不多不少，都会带着"伤疤"，那是生活留下的痛。尽管我们明白，总有一天，时间会带走一切。

即便那些伤疤隐隐作痛，但是，你不是依然活着，并且坚强地克服了所有的困难，然后为生活而努力吗？

这些疤痕恰恰证明了你是真正的成功者，你曾跨过人生的坎坷。

虽然没有人能够替你承受伤痛，但是，同样没有人可以带走你的坚强，那些疤痕就是最有力的证明，是你最特殊的纹身。所以，你根本无需自卑，更不需要逃避。

你要坚信，伤疤是自己的一种纹身，同样也是自己魅力的一种体现。

那么你就会拥有另外一种心态，你不会觉得别人留在你身上的目光那么奇怪，也不会惧怕什么。

不过，那时候的思绵还不知道，也不懂，她带着这份自卑，开始失眠，生活一团糟。为此，她不得不找心理医生为自己开导。

第一次，思绵全副武装来到心理医生的诊所。医生是一名

极有气质的女子，她了解情况后，便问她是否可以摘下遮住脸的
东西。

她迟疑了一下，然后将脸上的伤疤露了出来。医生看到后
笑着夸奖，好美丽的伤疤！你一定经历过很痛苦的事情吧，真是
个勇敢的人。

医生告诉她，这伤疤让她平添了一份与众不同，为什么要遮
住呢？而且，医生还提议她化精致的淡妆，凸显本来的美丽。

思绵摇摇头说，妆根本遮不住伤疤。医生反问她，为什么要
遮住伤疤？既然存在，就证明你曾遭遇一场劫难，可是，你坚强
地克服了一切，这是他人所不能体会的，这道伤疤应该是一种骄
傲呀。

但是，思绵说自己根本做不到，她害怕人们看她的目光，总
觉得里面满是嘲讽。

医生说，为什么要害怕？别人又为什么要嘲讽你呢？明明
你克服了伤痛再次鲜活起来，你才是勇敢的人。这样，你先无视
那些人的目光，如果不小心对上别人的视线，你就礼貌地微笑。
你要相信自己，你一直都是美丽的，这样，别人才会相信你。

思绵半信半疑地按照医生的话去做，最初，她仍然会抵触别
人探寻的目光。不过，有时候同别人攀谈讲述伤疤的原因后，他
们会赞叹她好坚强。

渐渐地，她发现接受异样的目光其实也不是很困难。化着
淡妆带着疤痕并且自信的她还会给人留下深刻的印象。

成功的人一定有与众不同之处，她想着或许疤痕就是自己

的一种标志。最后，因为她自信的魅力，她成功通过了面试，成了一家大型公司的员工。

听完思绵的经历，我也觉得她是这样与众不同，让我觉得印象深刻。

其实，不论自己承认与否，每个人身上都会有属于自己的伤疤。无论是哪一种伤疤都记载了我们曾经忍受的伤痛，经历的磨难。

的确，因为某件让你无法接受的事情，且不说是爱情、亲情还是事业，你崩溃，甚至否定自己的人生。最终，你还是熬过了最初绝望的时刻，从低谷中走了出来。但是，那些事情在你心中留下了伤疤，只要回想或者是触及有关的事情，你都会觉得难过。

亲爱的，带着那些伤疤，自信地站在阳光之下吧，它们带给你的应该是引人注目的自信。

打了第 100 场败仗，
那就发动第 101 次进攻

人生是什么样子的？

还有什么样子，最浮华不过如此，最简单也不过如此。而最重要的是人能每天坚持不懈地努力着。

似乎所有人在毕业时都过得比较艰难。兴华却在家里人的帮助下，轻松地拥有了一份稳定的工作。但是，这份工作让兴华逐渐失去了对梦想的追求。

后来，他同女朋友吵架，被女朋友嘲讽是一个没有上进心、从来没有自己努力过的人。

兴华在恼怒之下不顾家人的反对，辞去了自己的工作，一个人去了别的城市打拼。人总是在情绪不稳的时候做出错误的决定，兴华就是真实的写照。

完全没有面试经历的他屡屡碰壁，同时他又觉得自己是名牌大学毕业的，那些愿意聘请他的小公司他又不愿意去。一来二去，工作的事情迟迟没有定下来。

一次偶然机会，他撞见了以前的女同学。

他总是喊这个女生樱桃，在他眼中，她就是这样小巧可人的女孩子。但是，如今再见，樱桃给人一种非常强势的感觉，身上散发着一种历尽沧桑的淡然。

樱桃知道了他的情况，帮他修改了一下简历，告诉他最近哪些公司在招聘、哪些职位比较适合他。

樱桃说，在一个陌生的城市，最好放低自己的姿态，一切从零开始。

后来，他被一家大公司聘请。不过，因为之前一直在浪费时间，他出来带的钱快花光了。性格倔强的他不愿意向家里要，这时候，他便向樱桃求助。

他认为，等工作顺利之后，再还给樱桃便可以了。

但是，拿到钱的他在无意之中知道了樱桃的经历。

樱桃学的是销售，但是，不善言谈的她销售业绩一直很不理想，一个月的工资根本不够生活。

后来，樱桃考取了会计证，试图找一个公司做出纳。她应聘成功，并且那个教她学习的大姐非常热心，经常告诉她做账目的技巧。可是，善良的樱桃怎么也没有想到这个大姐做假账，并且卷了公司一笔钱后走人，并将责任都推给了她。百口莫辩的她不仅赔付了公司两万块的损失费，还被辞退。

樱桃不敢同家人说这些，只有先在酒店做服务员，解决生活问题。但是，屋漏偏逢连夜雨，樱桃母亲病重，需要一大笔医药费。当时，樱桃因为借那两万块，已经没有朋友可以继续借钱了。无奈之下，樱桃又找了一份兼职，在 KTV 值夜班，负责清扫工作,这才断断续续地补齐了母亲的医药费。

　　樱桃这种生活持续了半年,直到她将所有的债务偿还后,她便又开始做销售。她知道自己性格内向,不善言谈,于是每天都会去公园里试着同别人聊天。为了提高自己的销售业绩,她下班后仍在外发传单。

　　谁的人生,没有一点失败呢? 而又有谁能明白,成功也许就在下一步? 很多人都容易跌倒在成功的大门前,因为他们已经没有信心也没有勇气了。

　　失败的挫折感磨掉了人们的骄傲和坚持。

　　许多的人会害怕面对失败,因为再也不想去尝试。大概,他们心中会想,已经失败了这么多次,或许,自己无法成功吧。

　　于是,成功的大门前,都是失败者的累累白骨。可是,他们不知道,自己不过是差一步而已。

　　失败是成功之母,这是先人留给我们的智慧,他们用自己无数的经验总结出来。或许,人在残酷的现实面前不容易相信这一点。不过,谁能够确保自己能够一直一帆风顺呢。

　　那些能够成功的人定然是永不言败的人。他们心中有着坚定的信念,他们会锲而不舍地坚持下去。

　　樱桃碰壁很多次,不是没有哭泣过,但是樱桃从来没想放弃,正是因为有这种毅力,樱桃的生活才有了起色。

　　知道这件事情后,他立即将钱还给樱桃。他问樱桃,为什么,你能一直坚持,不怕失败?

　　樱桃说,失败不过是告诉自己哪里需要弥补,何况,也许再坚持一次，一切事情就解决了。老人们说，不怕慢就怕站。只要努力，哪怕失败，也会离成功近一点点。

他听完樱桃的话，顿时觉得无地自容。他从樱桃那里学到，再坚持一次，再努力一次，也许，成功就在眼前。

屡战屡败是一种精神，是一种能够让我们摆脱困境的真理。诚然，你现在可能面临着一个巨大的困难，你已经拼尽了自己的力气，用尽了所有的办法，可是依然无法成功。

这时候，你会想到放弃。你会想，既然无法成功，何必浪费自己的时间与精力。

然而，你是否真的愿意看到自己之前的努力都付之东流了呢？

哪怕是第 100 次失败，我们也要发起第 101 次进攻，不能胜利又怎样？只要我们坚持，就会离成功近一步。

我们正确面对曾经的失败，然后收拾下自己，重新开始下一次的进攻。那些失败将会成为我们的财富，让我们拥有更多的智慧与经验，从而在人生之路上做出正确的选择。

永不言败，是一种精神，更是让我们到达成功彼岸的人生信条。

疯狂的龙卷风,其实风眼很温柔

前段时间浏览书籍,偶然知道的一点科学知识让自己惊讶了很久。

书上说,龙卷风外围的风力可达12级,然而它的风眼中却是一片风平浪静。我一直以为,破坏力极强的龙卷风从内到外都很恐怖。原来,它的内心是如此"温柔"。

其实,若是仔细思考一下,人生也是如此啊。

尽管,我们会遇到很多看似无法解决的事情,可是,即便是无法改变的生死,也给予了我们值得珍惜的东西,一个崭新的生命或者是一份珍贵的回忆。

我不禁想起了自己的一位朋友,一个面对生活困境却依然淡然的朋友。

家伟毕业于国防大学,但是他没有像普通学生一样拿到毕业证。最初,通过高考这个炼狱后,他如很多大学生一般,越来越放纵自己。大三下学期,他就有两门专业课未能通过。

他如果能够通过补考,还是可以顺利拿到学位证的。可是,就在考试的当天,他弄丢了自己所有需要带的证件,后来不得不找老师重新办理。迟到很长时间的他最后未能通过考试。

没有拿到学位证的家伟最初觉得非常愧疚，他每天都待在家中，不是打游戏就是睡觉。他也曾想找工作，却提不起这个勇气。

妈妈告诉他，这有什么，不过是一份毕业证，不能代表你的能力。无论你做什么决定，我们都会支持你的。

家伟想，再如何愧疚、难堪还是无法改变过去，既然如此，还不如淡然接受，然后重新开始。肠胃不好而且神经衰弱的他最初在建筑工地做监工，负责相关材料的检查和统计工作。

而后，喜欢文学的他重拾大学时代的梦想，开始写小说，也曾希望一夜成名。

然而，网络文学就是一种快餐文化，无数网络文学作者都埋没其中。国防生出身的他选定了军事小说这个题材，并且在一年中完结了一本 49 万字的军旅小说。

渐渐地，家伟在网络中也小有名气。后来，经别人介绍，他的第一本小说被影视公司看中，成功签约出版。

受到激励的家伟想辞去工作专心从事小说写作。对此，家人只是说，无论他做什么决定，他们都会支持。因此，他如愿以偿地做起了专职写手。

然而，生活中时刻都有挑战。本来，即将得到出版稿费的他同朋友约好一起租房子，但是，出版商临时起意，不同意出版了。那个时候，两个朋友也在换工作，三个人所有的钱都不够付房租。

为此，家伟向一个知己借了五千多块钱，才解决了住房问题。可是，不到两个月，这两个朋友一个要回家，一个要继续换工作。他们都想搬，不仅如此，擅自毁约的他们还向他要回了一个月的房租。

他作为朋友，作为男人，不想争执，于是返还了房租，一个人承担起了三个人的房租。

可是，他无力支付网络费用，住宿停网，如停水停电一般，小说也无法续写。一时间，生活的困境，朋友的"叛离"，让他找不到人生的方向。

妈妈打来电话说，人活一辈子，谁还不遇到一些困境，如果坚持不下去了，就回家。

最终，他退了房子回到家中。他的朋友知道后，一直想办法帮他介绍工作，还告诉他说，钱可以不急着还。

家人对他的遭遇只字不提，只是说，回来也很好。

家伟突然就释然了。因为这次的事情，他明白了：无论做什么都要有计划；谁才是自己应该珍惜的朋友；无论什么时候，家永远是最后的港湾。

家伟突然醒悟，困难这把双刃剑，伤害着他，也给他带来益处。困难虽然会让现实变得残酷，但是也给人一种无形的动力，要么面对现实，要么继续逃避。很多人不论抱着怎样的心情，最后都会选择去接受现实。接受现实是一种很重要的能力，能够让一个人明白如何去改变现状。

家伟需要时间去沉淀。

女友看不惯在家待业的家伟，提出了分手，他非常淡然地接受了。既然自己无法给予她要的幸福，还不如放手。

在家休养了一段时间后，家伟再次踏上求职的征途。因为放不下小说，他决定做图书编辑，希望能够为自己铺平道路。

第一次面试，他就展示出了自己的作品和成就，但是未能通过面试。通过观察面试官的表情，他突然明白，是自己太过张扬。

于是，第二次面试时，他先是回答了面试官的所有问题，而后才展示出自己的作品，并将公司的发展前景和自己求职的想法一一说明。最后，他获得了自己想要的职位。

家伟的经历十分波折，但这些波折也磨砺了他的性情，让他能够在关键的时候冷静头脑，思考人生。正是这些波折成就了他，它们让他找到提升的空间、应该珍惜的朋友和对家人正确认知。

人生的一切艰难险阻，都是我们的老师，给了我们一个宝贵的学习机会，让我们变得更为强大、坚韧，最后成长为一个能够承担更多责任的人。

只有甜味的人生最不甜

出门买东西的时候,遇到了许久未见的玲儿。她怀里抱着很多东西,似乎刚刚购物回来。

见到我,她很开心,毕竟,我们有一些日子没有联系了。

我问她是否有时间,要不坐一起聊聊。

玲儿点点头说好,我们就在商场的小软垫上坐下来。

玲儿一边整理自己买的东西,一边跟我说,她要再查一遍,不要遗忘什么才好。

对于玲儿,我还是比较了解的,身为女性的她并不钟情购物,如今这样,倒真让我有些吃惊。

玲儿或许看出了我的吃惊,叹了一口气说,珠儿要结婚了。珠儿是她的发小。玲儿的脸上有羡慕也有忧愁。

在玲儿的印象中,珠儿一直如公主般存在着。她的父母都是受过高等教育的人,不但对人和善,而且拥有令人艳羡的工作。因此,珠儿总是拥有很多漂亮的衣服,每年假期还可以去很多玲儿都不知道的地方旅游。

有时候,珠儿的一套服装,可能就是她一个学期的学费。

　　不止如此，长大后的珠儿不但聪明，而且人也漂亮。无论是老师还是同学都非常喜欢她。这个女孩身边永远都围着这样或者那样的人，似乎没有人不喜欢她。

　　后来，珠儿顺利地考取了一所国内知名的大学，并在大学期间遇到了自己的爱情。

　　四年下来，她的爱情没有像别人那么曲折，男朋友对珠儿极为疼爱，事事为她考虑。珠儿毕业后，几乎没有费什么力气就进了一家外企工作，拥有良好的工作环境和令人羡慕的工薪。

　　而那个时候的玲儿，虽然同样大学毕业，却面临爱情的背叛以及生活的困境。经过几番努力，玲儿终于过五关斩六将，成功地找到了一份工作。但是，刚刚步入工作的玲儿为了房租等问题，白天除了正常工作，晚上还要做一份兼职，只有这样才能够让自己的生活不至于太过捉襟见肘。

　　有时候，珠儿同玲儿聊天，玲儿通常在加班，而珠儿通常在家悠闲地看电视。

　　两人的生活相比，可算得上天壤之别了。珠儿顺风顺水，想要的，自会有。

　　大学毕业才半年，玲儿就收到了珠儿的结婚请帖。新郎是她大学时的爱人，请帖上的两个人都笑得很幸福。

　　珠儿工作顺利，有情人终成眷属，甚是美满。

　　玲儿告诉我，有时候真的会觉得莫名心疼，明明自己也很努力，明明自己也付出了很多汗水，生活却是五味陈杂，解决了一个问题，下一个问题就会接踵而至。尤其是工作，无论多努力，

似乎都无法让上司满意。似乎，她再怎么努力，都离标准差
一步。

加班又如何，自己利用私人时间学习又如何，每天玲儿都会
听到内容几乎一致的批评。

好不容易熬过了艰苦的日子，工作已经稳定了，自己也拥有
了让上司肯定的业绩，却还是单身一人。

不是不肯爱，是不知道如何去爱。不是不想拥有幸福，是不
知道幸福什么时候降临。

玲儿将珠儿的结婚请帖拿出来，对我说，在她眼里，珠儿似
乎都是泡在了蜜糖罐子中，全是甜的味道。

我摇摇头对玲儿说，生活若都是甜的味道，那么生活就真的
不幸福了。

玲儿摇摇头，看来她不肯相信我的话。

她喃喃自语，甜的人生怎么会是不幸福的人生呢？我没有
办法向玲儿举例，这次谈话也就此结束了。

我知道玲儿还年轻，她还需要去琢磨，去品味。

她还不知道，哭过、疲惫过、争吵过之后，那些快乐的时刻，
才会显得非常珍贵。

那些磨难会让一个人成长起来，变得更加坚韧。

参天大树的年轮，纪录着那些环境恶劣的年代。那种恶劣
让它们更加茁壮，才会有今天的顶天立地。

只有甜味的人生并非最好的，终有一天，人会对这份甜麻痹，
然后再也感觉不到甜的味道，会意识到自己没有了幸福的感觉。

有句话说得好，生命在于运动。那么，人生也在于"折腾"。

只是玲儿还不懂，她还需要历练。

而后，我很长一段时间都没有见到玲儿。我不知道她是否还在欣羡珠儿的生活，认为珠儿的人生才是最美好的。不过，我觉得，总有一天，玲儿会发现，她经历的东西将是她的一笔财富，尝遍人生味道的人生才够完美。

再见到玲儿已经是四个月后了电话约我出来坐坐。

我在咖啡厅看到她，她的脸上带着很温暖的笑容。

玲儿告诉我，她前天见了珠儿，并且开始认同我之前说的话。

玲儿说，原来，顺风顺水的人生真的不是最甜的。

玲儿说，她告诉珠儿，自己一直羡慕她如公主般的人生。

珠儿却非常惊讶地说，我也一直羡慕你的生活啊。

珠儿告诉玲儿，她的生活似乎早被安排好了，她从来没有想过会有什么变动。大学的时候，她没有同朋友一起打工的经历，爱情则如死水般没有跌宕起伏。

原来，毫无波澜的生活并非一定快乐。就像珠儿，她甚至找不到自己人生奋斗的动力。

玲儿告诉我，她从来没有想过珠儿会羡慕自己。

珠儿告诉她，生活中的磨难是一种礼物，玲儿，你身上有一种我没有的倔强。你不知道你在我眼中是多么具有魅力。我虽然遇到什么事情都有人帮忙解决，但是，我认为，若是没有他们，自己将什么都做不了。

　　玲儿说，第一次，她感谢自己生活中的磨难，觉得生活拥有其他的味道也是一种幸福。

　　我知道，玲儿已经懂得了，她一定会感谢她人生的磨难，会认真而快乐地生活，认真品尝人生的每一种味道。

　　如果说生活是一道菜，那么谁都不会喜欢只品尝甜的味道。再喜欢甜品，吃多都会觉得腻。

　　而且，人只有尝过了苦的味道，甜的味道才会更加明显。

　　偶尔尝一下酸的味道，味蕾会更加敏锐，还会让自己胃口大开。

　　人生也是如此，各种味道参杂在一起，人生才显得多姿多彩。

　　只有五味俱全，你才会找到最喜欢的"菜"，找到幸福。

你最大的成就，是让自己幸福起来

人生的意义是什么？

如同哈姆雷特的"生还是死"，这个问题又有谁能说得清？还不是"一千个读者就有一千个哈姆雷特"。

一辈子时间太长，长到我们要分分秒秒地度过。一生中，我们必须扮演不同的角色，子女、同事、朋友，必须尽自己的义务。

一辈的时间又太短，匆匆不过几十年，似乎有太多的事情我们都来不及做，有太多的东西我们还未能见到，有太多的梦想我们还没有实现。

人生的意义，人生的成就，其实，都有它自己的定义。

同朋友们一起聚会，几个人坐在一起，难免会谈及身边那些出类拔萃的人。

有人说，她的一个朋友一直都是公认的好学生，现在在一流大学教学，还在不同的期刊上发表文章。生活富足，还自带一身书卷气，这样的生活真是让人羡慕。

有人说，他的一个哥们，虽然没有能够进入大学学习，但是，人家自主创业，经过几年的奋斗，已经成为一家公司的总经理。

他管辖的员工全部都是大学生。说完，这个朋友感叹一声，这就是差距么？

还有人说，发小出国深造，学习了几年后回国，根本没有所谓的就业压力，现在外企工作，每天都出入豪华的地方，不过是几年的时间，就买了房子和车子。而自己，还在努力还房贷，必须计划着生活。

还有人说，自己的哪个朋友现在是小有名气的演说家，每天都要去各地演说，甚至还上了电视、报纸。再看看自己，默默无闻，曾经的梦想早就忘记了。

大家七嘴八舌地说着艳羡的人。似乎，当我们在厨房蓬头垢面时，他们似乎在食指兰花地手拿咖啡杯，悠闲地看着报纸。他们活在被人羡慕的光环中。

回想自己拼搏的经历，无论是灯下苦读还是在寂静的深夜加班工作，其实，也不过是想获得更好的工作。人生在世，每个人都在或有或无地苛待自己，委屈自己。

阿梅看到述说的人是这样愤愤不平，就笑着问在座每一个人，大家认为人生在世，自己取得的最大成就是什么呢？

包括我在内，所有人都一愣，而后在短时间内思考了一下，但是谁都没有回答。

阿梅继续向我们发问，曾让自己觉得最为骄傲的事情是什么呢？姑且，就将那个算作自己的成就吧。

这个时候，有人便回答，最大的成就是考取了自己喜欢的学校。

有人说，最大成就是一直坚持了自己的梦想。

还有人说，最大的成就是找到了一份高薪的工作。

阿梅也问到我，你觉得自己最大的成就是什么呢？我看着她回答，我认为快乐最重要，其他的成就都处于同等位置。

阿梅冲我点点头，然后笑着对大家说，大家何不反过来想一想，我们如此拼搏，到底是为了什么呢？

大家你看看我，我看看你，顿时不知道该如何回答。

阿梅继续发问，那么，有谁还记得自己的初衷吗？

每个人都低头想了一会。其中一个人慢条斯理地说，其实，自己的初衷很简单，就是想拥有好的生活，能够让自己幸福地度过这一生。

阿梅点点头说，对啊，那么我们就不用去羡慕他人了。那些人虽然很辉煌，但是，那些人不一定会很幸福。你看，我们每天看明星的各种新闻，他们已经够风光了吧，但是，他们幸福吗？

幸福的人拥有相似的幸福，不幸福的人各有不同的不幸。

阿梅笑着说，我从来不羡慕他们生活，因为我最大的目标不是那些。我们都希望能够完成自己的梦想，能够成为人中龙凤，能够拥有辉煌的成就。但是，人生在世，不就希望能够幸福地生活吗？虽然我现在薪酬不高，但是，我做着自己喜欢的工作，而且还拥有一个爱自己的老公，拥有一个幸福的家庭。虽然，我出门没有豪车，我不能去很多美丽的地方，但是，小人物有小人物的幸福。我可以漫步在街头，去发现很多令人感动的瞬间，我可以充分享受生活的闲适，一点点惊喜就会让生活变得非常多姿多彩。能够懂得让自己幸福的人并不多，放眼望去，那些社会名流不见得快乐，那些平头百姓不见得生活得不开心。

大家听到阿梅的话，都笑着点点头。阿梅继续说，再多的成就又如何，若是生活不快乐，这一生不就虚度了吗？我虽然没有那么多的才华，不过，我也有自己的骄傲，那就是，我每天都让自己过得很快乐。既然如此，那么我就可以认为，我最大的成就，就是让自己生活在幸福之中。

阿梅的话让大家会心一笑，似乎，真的是这样，再忙碌也不过是想让自己幸福。

每天，自己都是笑着的，觉得自己是幸福的，那么其他的东西还重要吗？

人生的意义，在于自己的心境；最大的成就，便是让自己生活在幸福之中，走进最想要的幸福时光里。

图书在版编目(CIP)数据

你总该相信自己,就算全世界都与你背离 / 夏树著.
—杭州：浙江大学出版社，2014.6
ISBN 978-7-308-13121-6

Ⅰ.①你… Ⅱ.①夏… Ⅲ.①散文集—中国—当代
Ⅳ.①I267

中国版本图书馆 CIP 数据核字（2014）第 076326 号

你总该相信自己,就算全世界都与你背离
夏　树　著

策 划 者	杭州蓝狮子文化创意有限公司
责任编辑	徐　婵
出版发行	浙江大学出版社
	（杭州市天目山路 148 号　邮政编码 310007）
	（网址：http://www.zjupress.com）
排　　版	杭州林智广告有限公司
印　　刷	杭州钱江彩色印务有限公司
开　　本	880mm×1230mm　1/32
印　　张	7.875
字　　数	152 千
版 印 次	2014 年 6 月第 1 版　2014 年 6 月第 1 次印刷
书　　号	ISBN 978-7-308-13121-6
定　　价	32.00 元